僕たちの保存

長嶋有

文藝春秋

目次

装画　鶴谷香央理（イラスト）　宮内悠介（ゲーム「GRAVITICA」画面）
『みゆき』グラフィック（ＬＰ『みゆきメモリアル』収録）©あだち充／小学館

協力　ＭＳＸアソシエーション　日本パーソナルコンピューター博物館
レトロネコ　ブログ「プレミアムＭＳＸ」主宰・夏冬春秋

写真データの変換にはこちらのサイトの機能を使用させていただきました。
https://hp.vector.co.jp/authors/VA009756/prog/myprog/retropc/gcmsx.html

装丁　大久保明子

そこにある場所

武上《たけがみ》さんの車をみつけられない。

武蔵五日市駅の改札を出て、階段を下りながらロータリーを見渡す。スマートフォンには［着いた］と短いメッセージが届いており、つまりもう待っているはず。しばらく目が泳ぐ。一段一段下りるうち、視線と無関係に不意に記憶が喚起されて、それは視界の焦点があうのと似た感覚を伴っていたのを不思議に感じる。そうだ。

武上さんは少し前に車を買い替えた。少し前にＳＮＳに新車の写真を載せていて、僕はコメントで驚きを表明したのだった。たしか、黒いワゴン。

黒いワゴンはずっとロータリーに停まっていた。そうだった、そうだった。

ずっと、車体の横腹の傷を養生テープで補修したおんぼろの白ワゴンを探していた。ただの物忘れなのだが、過去（おんぼろワゴンに乗り込もうと探す自分）から未来（新しいワゴンに乗り込む自分）にぽんとワープした錯覚を抱きつつ、近づいていく。後部座席のドアに手をかけようとしたら自動で開いたのでそれにもちょっと驚く。今日び、電動スライドドアくらい珍しいことではないのだが、それもまた「未来」っぽさである。

「遠くからお疲れ様」運転席の武上さんは片手をあげてみせた。

「いやいや」

「ここまで来るのでもう、疲れたでしょう」以前、ネットで武上さんの店を知って福岡からここまでやってきた客は「家から羽田空港までより、空港から武蔵五日市までの方が時間かかりました」と、自らの道程に自分でしみじみ感嘆してみせたという。

「うちからだと、そんな遠くなかったですよ。電車の接続もたまたまよかったし……おにぎり、昆布なかったんで鮭にしちゃいました」頼まれていた買い物袋を持ち上げて示す。

「いいよ、ありがとう」

「代わりましょうか?」運転の交代も申し出るが、いい、と手で遮られる。高齢者の自動車事故の増加、免許返納という昨今の「話題」が頭をよぎる。たしか武上さん、七十代だ。七十代といっても七十一、二ではない。三か四か五? もっと行ってたっけか。もし電車で武上さんのような外見の男性をみかけたら席を譲ると思うが、運転についてはどうするべきか。

「新車買ったんでしたね」途中で改めて交代を申し出ようと決め、後部席にバッグを放り、積み荷をざっとみる。武上さんの仕事に呼ばれて、反射的に荷台を見渡してしまうのは、昔からの僕の癖だ。荷台はがらんと空いている。今回は、誰か人死に案件かしら? と見当をつける。先週受け取った依頼のメールには［久しぶりに引き取り行ける？］とだけで引き取り先の詳細は記されてなかった。

武上さんは古レコード屋だ。僕はマニアというほどでもないがレコードが好きで、二、三十年前はしょっちゅう武上さんの店に顔を出していた。特にたくさん買う上得意でもなかったのに、どこを信頼されたのか分からない、まあ、単に暇と見抜かれたのだろう、出張買取のバイトをときどき頼まれるようになった。買い取るのはレコード盤だけでない、プレーヤーやアンプや、ときには巨大なスピーカーごと引き取ることもある。場合によっては家財道具なんかも（遺族が持て余したものを、ここぞと引き取らせようとするのだ）。そんなとき、荷物運びの助手として駆り出されていた。

真新しいシートの助手席に乗り込む。改めて買い物を掲げてみせると今はいいと手で遮られたので膝下に置き、シートベルトを締めた。

「あ、カーナビがある」武上さんの新車は後部ドアの自動開閉だけでない、大きな画面のカーナビも搭載されている。ダッシュボードに据え付けたものではない、あらかじめ車と一体化したものだ。

「使わないでしょう」

「なに？」

「カーナビ」

「うん……いや、使う使う！」

僕は笑った。「カーナビに馴染まない武上さん」に、遅れてきた「カーナビを使いこなす武上さん」が追い付いて「今のなし！」みたいに慌てて言い足したみたいだった。武上さんも薄く笑みを浮かべている。

目的地を入力することはないが、今いる位置の参考に、たまに目をやるのだそうだ。車はロータリーを出て、すいている二車線を進んだ。右折レーンに入り、右折信号を待って停車する。圏央道から関越道を北上して長野県のどこかに向かうという。

武上さんは、おんぼろワゴンのときも、その前の車でもカーナビなど搭載しなかった。誰かの車に同乗した際の、昔のカーナビのとんちんかんな指示を笑い話にもしていた。総じてデジタルには疎いし、世代特有の拒絶感もあるようで、携帯電話やパソコンの類に対しても、しばしば愚痴や呪詛を聞かされたものだった。

そのころの武上さんを懐かしく思い出す。運転席で、元気に、なにかへの批判の言葉を繰り出していた。車のパワーウィンドウさえ、凍ったら動かない、手で回すのならいつでも困らないのに、と「ｄｉｓって」（という言い方は当時はなかったが）いたっけ。

だからといって彼の「転向」をあげつらう気にはならないし、そもそも「転向」ではない。このカーナビは車本体に一体化しているのだから、どれだけ忌み嫌っていても付き合わざるをえない。もっとも、武上さんも今はスマートフォンを使っているし、店の宣伝を兼ねてSNSさえやっている。デジタル的ななにかに囲まれることに否応なく（仕方なく、かもしれないが）慣らされたはずだ。SNSでのレコード紹介のテキストをみる限り、楽しんでいる気配も感じる。

「CDも聴けるらしいよ」武上さんは言い足し、僕はまたハハと笑う。自分がハンドルを握って、いわば完全に「御して」いるはずの車の、そこだけは自分の統べる領域と認識していない、至近にあっても風聞で知ったような「聴けるらしいよ」。

画面右上のボタンに見当をつけ、勝手に手を伸ばした。ボタンを押すと、画面全体がせり出すように傾き、CDを挿入するためのスリットが奥にみえた。驚くかな、と横顔をみるが、すでになにかの機会に知っていたらしく、小さく頷くだけだった。

武上さんは画面を元に戻し、液晶画面の中のラジオマークのアイコンをタッチした。スピーカーから国会中継が流れ始めると、音量を少し下げる。

「最近はどうなの、またいろいろやってるらしいけど」

「いろいろしないと食っていけないですからね」

「君、いろいろ早かったもんね」武上さんの店で知り合ったころ、ロックやジャズでない、アニメやテレビゲームのサントラレコードなんかを探している僕はいわゆる変わり者だったが、今、そういったジャンルは市民権を得て幅を利かせ、いくつかの盤は高騰しているし、海外での新たな音源化だってある。

「早かったかもしれないですけど、武上さんの店で買ったのは、今も三百円くらいじゃないかな」

「あ、そ」今のは、昭和世代は皆やる、昭和天皇の相槌をしたのかもしれない。

武上さんと出会ったのはもう平成で、僕はデザイン事務所で仕事をしていたが、上の世代のやってる、レコード屋や、カレーだけ出すロック喫茶のような、いわゆる「居城」としての仕事場が憧れだった。あるとき元キャバレーの、更衣室だった小部屋を借りて改装し、極小のアパレルショップを立ち上げた。一九八〇年代のテレビゲームのロゴやキャラクターをマッシュアップしたTシャツやトレーナーを仕入れ、ステッカーやピンズは自作し、中古ファミコンソフトや海外のゲームと一緒に並べて、インドア系のヒップホップとかテクノとかかけて売っていたら、自分同様、社会人を十年経過する中でもアニメやゲームを「たしなんできた」ひょろっこい若い大人たちがたむろするようになった。

「今も店はやってるでしょう」

自分としては副業のつもりの気軽なものだったが、開店してから武上さんには特に親しみを抱かれた、という気がしている。商いの苦労を分かち合う仲間とみなされたというか。

「今は最初の店は建物ごと取り壊されて、別の場所でやってます。デザインの下請けと兼業で、店は開けてるけど、まあ、趣味ですね」

「店、続けてるだけ偉いよ。ごめんね、本当はもっと、会ったころの君みたいな人に頼むべきバイトなんだけどさ」昨日までのメールのやり取りですでに詫びられたのと同じ文言を、武上さんは口頭でも繰り返した。

たしかに僕ももう若くない、中年真っ盛りだ。顎の無精髭が昔の武上さんみたいに白くなって、武上さんの髭はというと薄く透明になっている。それでも久しぶりに一対一、座席に横並びになって会話していると、存分に若者扱いしてもらう感覚が懐かしい。

「もっと若い、仕事のない若者」と、自分も出会いにくくなった、とも思う。新しい若者との出会いはいつしか途切れ、あとはずっと、同じ人を指名するしかないのかもしれない。老々介護、ではない、なんだろう、老々雇用?

「いや、いいですよ。今日は親戚の引き取りでしたよね」

「引き取りでなく、遺品の整理。兄が死んでね……って、死んだの先月なんだけど」

「あ、最近ですね」

「うん、いや、昨年より前からずっと入退院してたし、俺より七歳も上だし、覚悟はしてたのよ」早口に、形式的な哀悼の意を示す必要はないよというニュアンスを混ぜたことが分かる。

曰《いわ》く、亡くなった兄が大昔に買ってほったらかしていた土地を親族協議の末、売りに出した。ただ投機で買った土地で、兄自身はもとより親族の誰もろくに出向いたことがなく、話にしか聞いていなかった。図面をみるに、広い田畑の畔《あぜ》と畔のV字に交差した狭間の、つまり三角形の使いにくそうな土地で、付近もずっと栄えずに寂れた感じで、高く売れないどころか買い手がいつまでもつかないと覚悟していたが、割とすぐに手を挙げる人が、複数も現れた。しかも予想外に良い値がついて、元の購入価格よりもはるかに高く売れることになった。

「へえ、よかったですね」儲かる話というのはよいものだ。自分の利益と無関係のただの儲け「話」であっても、聞き手の心を一瞬でも明るくする。

「うん、なんでだと思う」武上さんの声音は特に弾んでいない。むしろ低まった。

「なんでって、なんで良い値がつくかってことですか？　分かりません」

「なんか、リモートで働く人が、家を建て始めたんだってよ」

「ははぁ」息が強くもれた。話題が直近の時事、風俗と結びつくとき、人は妙に強く感心してしまうものだ。たしかに最近、勤め人の知人の多くが「ほとんど出社しなくなった」というのを聞いた。だったらいっそ、地価の安い場所に住もう、という意識が大勢に生じているというわけか。

リモートで働く人が家を建て始めるという武上さんの抑揚に、特に批評めいたニュアンスはなかった。なにか意見を持つにはあまりに縁遠い出来事というか、他人事のようだ。着ているシャツのロゴについて問われて、アメリカのスケートボードのメーカーのものらしいよ、と言うときに似た心もとなさ。それを着ているのに、それを売るのに、まったくもってなじみがなく、縁遠いまま着たり、売ったり。

「まあ、それで、地元の不動産屋さんと会って、事務的な話をするというのと、ほったらかした土地にプレハブの家が建っているらしく、どうせ取り壊してしまうわけだけども一応、そこの中を空にしないといけなくて」

「なるほど」それで今日、自分が駆り出されたというわけだ。

「まあ、大した量は入ってないと思うから」

詳細を話し終えた武上さんは無言でハンドルを握っている。ラジオでは統一教会の問題について野党の議員が長い質問を繰り出していた。

「そういえば、今も録画してみてるの、『ミヤネ屋』」

「みてますよ、超面白いですもん……あ、音量あげなくていいですよ」少し前「毎日『ミヤネ屋』を録画して夜みている」とSNSに書いたら誰彼に呆れられた。テレビの『ミヤネ屋』で連日追及される統一教会問題には興味しんしんでも、国会中継に耳をそばだてる気はなぜかおきない。どこまでも「ゴシップ」として好きなのだ。武上さんは納得したようなしてないような横顔。武上さんの世代の人は、ゴシップなど嫌いか、(本当は好きでも)ゴシップなど好きではないという顔をしてみせる。興味を持つのがみっともない、という価値観が一応、ある。自分たちの世代にだけ、ゴシップをおちょくって高みから不謹慎に面白がるスタンスが生じる。誰かが麻薬で逮捕されたとか、誰かがタクシー運転手を殴ったとかを、ずっと忘れてあげない。なにか、娯楽としての意地悪という感じがある。ワイドショーをわざわざ録画する行為の背景にもそういう自覚はうっすらあって、統一教会問題を、心のどこかが「楽しんで」しまっている（録画してまで、と呆れられることも楽しみに「込み」だ）。他、時事のすべてが鬱々としたものばかりだし、というのは言い訳だろうか。

何々くん、とラジオの中の議長が与党議員の答弁を促した。声のトーンがさっきまでの詰問調から、のらくらした調子に変わったところで、武上さんは長い息を吐いた。

武上さんは東京の西で長らく営んでいた古レコード店を七、八年前だったか、引っ越した。客が減って家賃が払えなくなったとき、店をたたむか悩んだ末、武上さんがとった策は「さらに西に引っ越す」ことだった。家賃のうんと安い武蔵五日市駅の前に店舗物件をみつけ、引っ越した。まだ新店舗に出向いたことはなく、最寄り駅に降り立ったのも今日が初めてだ。

さっきの駅前ロータリーの閑散とした気配を思い出す。駅のポスターには「秋のあきがわ渓谷ツアー」と大書されていた。駅の内装も木の風合いを活かしたもので、観光地のムードを醸し出していた。まだ紅葉シーズンというには早く、電車内も駅前も静かなものだったが。

しかし不思議なことに、辺鄙《へんぴ》なところに移り住んでみたら、客がむしろ――それこそ遠く九州からも——来るようになったそうだ。

自分のやってる店も、駅からの立地は悪く、通りからも見過ごされそうな引っ込んだ場所にあるが、ネットでみてまっすぐくる客が、それこそ外国からもいる。ネットは辺鄙《へんぴ》とか栄えているという場所ごとの「ムード」を考慮させない。

加えて「レコード強し」といったところか。今の時代は古いものでも、本当に淘汰されてしまうものと、生き残る古いものとあって、それぞれ「なぜ」か分からない。レコードは今、若いミュージシャンも新譜をリリースする。ＶＨＳのビデオはほぼ淘汰されてしまった。カセットテープは生き残っている。

なぜそれは滅ぶ、なぜこれは生き残る。二種類の「なぜだろう」が同時に思われる。

赤信号で武上さんは不意に自分のスマートフォンを寄越した。画面に森の中の建物が映っている。光量が足りてない、ホラー映画の物件の撮り方だ。

「なんですか」

「それが兄の残した土地の、プレハブ。不動産屋が撮ってくれたやつ」

「なんか、雰囲気ありますね」適当な返事をして返すと、少し画面をいじってまた戻された。

「ねえ、最近言われるんだけど、これ、どうしたらいいの？」

「これって、どれですか」これよ。え、この文字ですか？　そうそう。

液晶画面の上部に［保存容量が不足しています］と表示されている。あぁ、と思う。ちょうど、自分のスマートフォンにも同じメールが届くようになっており、そのたびにケッと思っている。ケッと思えばいいんですよ、では答えにならない。

「言わせときゃいいんですよ、こんなの」しかし、反射的に同様の言葉が口をついてしまう。僕の返答が急にふてぶてしい、ガラの悪いものになったので武上さんは噴き出した。

「なにそれ。『マイナンバーのカードを早く作りましょう』みたいな通知と同じ？」

「それとは違うけども」いいながら、違うかどうか一瞬分からなくなる。

「とにかく、スマホで写真を撮りすぎたんじゃないですか？」

「そんな、撮ってないけどな。『保存容量が不足』って、どういうこと？　スマホの中で？」

「いや、差出人がGoogleだから、Googleのクラウドの、無料で使える容量ですね」バックアップが取れないっていうだけだから、とりあえず気にしなくても本体内のデータは残ってるので、まあ大丈夫と思いますよ。この説明の言葉、武上さん分からないだろうということが話している途中からもう自覚できた。伝わらない上に、僕の言っていることは間違っている。本体のデータだってストレージに限界がきたらいずれ保存できなくなるのだから、「まあ大丈夫」ではないのだ。

車の運転席と助手席で、横向きで伝達しおおせる話題とは思えない。本当に理解してもらうなら、ホワイトボードとイラスト付きの図解とが必要だ。

「クラウドってのは、なんなの。なんか、たまに聞くけど」

「ええと、なんといったらいいんでしょうなあ、ハッハッハ」

「なんで誤魔化し笑いするのよ」

「アハハ」武上さんも話題の難易度を察してくれたか、それきり、クラウドについては深掘りしてこなかった。お茶をくれというので、股の間に置いた袋から、温かいペットボトルの蓋を開封し、次の赤信号で手渡した。

先のGoogleからのメールについての回答を考える。ちゃんと説明するなら、クラウドのバックアップと、本体に入るデータと二種類あることからだ。クラウド、ではなくてサーバーが正確だろうか。スマートフォンのカメラ機能で写真を撮るごと、スマートフォン内のメモリにデータが格納される。同時に、Google社の提供するクラウドサービスによって、サーバーにもバックアップが取られている(おそらく、初期状態でバックアップは「オン」に設定されているだろう)。

まずそのように答えたとして、武上さんの脳内に浮かぶであろう次の疑問を考える。クラウド、サーバーとはなにかという疑問だ。真面目に答える必要があるかどうかは分からない。容量がいっぱいであることで生じる不都合や、日常で写真を気軽に快適に撮り続けるためになにをしたらいいか、ということの方が、重要だろう。

「カーナビより、気の利いた場所にこれがあって嬉しい」と武上さんは新車のドアに付いたドリンクホルダーを称賛しながらペットボトルを納めた。たしかに、と首肯する（昔、父がオートバックスで買って取り付けたドリンクホルダーは粘着テープが弱まって、座席の下にいってしまってそれきりだった）。

クラウドもそうだ、などと頭の中で結びつく。ペットボトルをすぽりと納める「そこ」と同じ。クラウドという言葉自体は概念のことだが、概念に画像を保存することはできない。必ず、具体的ななにかに保存する。さまざまなクラウドサービスが「何十ギガバイトまでは無料で保存できます」と銘打っている。その、何十ギガの保存場所は「どこか」に「ある」。よし、と見当をつける。説明するなら、この切り口からだ。

「武上さん、『００７』観てます？」

「『００７』って、映画の？」うんと昔のいくつかは観たかな。ショーン・コネリーの。

武上さんの顔が、前方になにか不可解なものがみえたような、訝《いぶか》しげなものになる。

最近の『００７』シリーズの、どれかは忘れたが、長崎の軍艦島が舞台のモデルになっていた。その軍艦島っぽい島の基地に、敵の保有する巨大なサーバーが置かれていたが、たとえば「そこ」だ。

「ああいう場所……といっても、武上さん観てないんですよね。とにかく、ある場所にまとめられてるんですよ」

「ふうん」納得感の薄い相槌になるのも仕方ない。構わず説明を試みた。

とにかく、そういう、大きな建物の、空調の整えられた、巨大な部屋に機械が置かれている。機械だけどもパソコンのような形態ではない。なにか動作をするものでもない。本棚みたいなとでも形容するしかない、四角く大きな機械の並び。

「それ」に、世界中の大勢のメールやら写真やらが保存されている。

その、映画の中の軍艦島の、敵組織の持つ秘密のだだっ広く四角い部屋以外に、イメージのしようはない、「あれ」こそがクラウドの「場所」だ。

007のようなアクション映画の中で、主人公がしばしば潜入することになるサーバールーム。そこには軍事上の機密だとか、重大なデータが入っていることになっている。だからこそ、危険を冒しても潜入する筋の、舞台になっているわけだ。映画で見るサーバールームは、その危険に似つかわしい、薄暗く静謐《せいひつ》な「場所」にみえる。なんなら軍艦島のような異様な景色の中におかれて、禍々《まがまが》しささえ醸し出す。

だけども、くだらない誰かの写真とか、個々人のどうでもいいメールのデータはどこにあるのかというと、それもまあ、あの禍々しいムードの「そこ」に一緒くたになっている。武上さんや僕の写真と軍事機密が一緒くたにはなってないだろうが、原理上は、そういうことだ。

見合う、見合わないを思うこと自体が変なのだが、自分のスマホの中におかれたデータそれ自体の極私性に対し、見合わない風景に「それ」があることが、なんだか釈然としない。さりとて、過剰なフィクショナルな場所の光景以外を想起しようもない。なにしろ実際にそれを「みた」ことはないのだから。武上さんは理解できたのか、できずとも説明の労に報いようとしてか、僕の説明に一応頷いてみせた。

「つまりさ。音楽とかもだけどさ、『デジタルだから場所を取らない』とかっていうじゃん？」アイポッドだと何千曲を持ち運べて、とかさ。

「はい、少し前に電子書籍とか出てきたとき『もう本棚は要らなくなる』って言われてました」

「もっと前からだよ。フロッピーディスクには新聞何枚分の情報が入ってすごい、とかさ、『いう』じゃん」誰が、という主語は欠いていたが、まあ分かるので肯定の相槌だけうつ。

「それが、全然じゃん。画像でもなんでも、デジタルも、場所を、とるんじゃん！」出た！　往年の、運転席の武上さんの元気な「ｄｉｓ」！

「ですです」小刻みに首を動かして応じる。デジタルメディアは、先行する何か（書物やビデオテープなど）に比べての圧倒的な場所の取らなさを誇示し、喧伝してきた。「デジタルだから場所を取らない」それはあたかも本当のことのようだった。ストレージの中がいっぱいになるまで、ストレージは形を変えない。きんちゃく袋のように、入れた量に応じて膨れあがったりしない。だから、どこまでもゼロに思える。

でも本当は情報は「あって」、だからストレージはいずれいっぱいに満ちる。クラウドもそうで、無料で使える限度をいずれGoogleに警告される。そしてその次には、お金を請求されるのだ。

そういえば、武上さんと出会った初期のことを思い出す。

「『みゆき』のサントラですよ」

「なに」

「覚えてませんか」武上さんのレコード屋で二枚目くらいに買ったLP盤。アニメ『みゆき』のイメージアルバムだが、B面にパソコンのプログラムデータが入っていたのだ。かなりの珍盤だと思うが、その希少さを店頭で教えて、ぽかんとされたのが、最初期の我々のやり取りだ。あれもまさにデータが「場所をとる」実例だ。アナログデータは場所が可視化される。レコードなら溝になって。

物体がデジタルデータに置き換わることに対する、旧世代からの反駁《はんばく》は「ぬくもりがない」「使いにくい」といった感覚的な言葉が多いものだが、今ここでの武上さんの「アナログと同じで、やっぱり場所をとるじゃないか」という指摘はすこぶる具体的である。

指摘される前から感じていた。最近、とみに「デジタルデータが、むしろ『場所』をとる」ことを実感するようになった。それこそ、フォトの容量がいっぱいですという警告は、最初にスマートフォンを持ち始めたころにはそうそう表示されるものではなかった。最近は、ネットでやり取りするデータも、カメラの画素数もぐんと増大した。それであれか？サーバーが苦しいのか（呼びかける際、どうしても軍艦島が浮かんでしまう）？　涼しい顔をしていながらデジタルよ、おまえも顔色を変え始めたな。

そういえば007の、軍艦島のサーバーの場面をみてプログラマーの友人は「電源はどこ？」とツッコミを入れていたっけ（電源も――これはいろんな家電などでも――実は「ある」ものとして我々を嘆かせるのだが）。

デジタルデータが端的に場所を取ることを、セピア色の思い出の中でも僕は思い出すことができる。小学六年のときにお年玉をためて買い求めたMSXパソコン（東芝のHX-10Sと型番までそらんじることができる）の内蔵RAMは16キロバイトだった。市販のゲームの多くを遊ぶのに必要なRAMは32キロバイト。

スマートフォンの時代になっても同じだ。RAM、すなわち内蔵メモリが4ギガか8ギガかでパフォーマンスは大きく変わるらしい。

市販のゲームを買う前に、パソコン雑誌に載っていたプログラムをぽちぽちと入力していったらあるときエラーが出た。

Out of memory

畳にあぐらをかいて、折りたたみテーブルに置かれた十四インチのブラウン管の光に顔を照らされて、日が暮れたことに気付き、足をさすりながら蛍光灯の紐を引っ張った。二時間か三時間かけて、ちびっこの自分はなにを思って入力したんだろう。

というのは、パソコン雑誌にはあらかじめ記載されていたのだ。「このプログラムを起動するには、パソコンのＲＡＭが32ＫＢ以上必要です」と。自分のマシンは16キロだということももちろん分かっていたのに。

いや。

「分かっていた」んだろうかな。

「真に受けなかった」というのがあのときの実感に近い。「このさききけん」という看板を読めていながら「へえ」とかいって踏み込んでいってしまうような、軽率な足取り。「このさき」の「きけん」は曖昧なままであるのに対し「32キロバイト必要」は、はっきり示されていることではあったのだが、なぜ真に受けなかったんだろう。小学六年の自分の気持ちを中年の今になって推し量るに、一つには「見た目」のことがあったろう。

ＲＡＭが32キロバイト以上のパソコンと、16キロのパソコンとは、同じサイズ、同じデザインで売られていたのだから。16キロバイトのほうはデザインが貧相でキーボードのボタンが半分しかない、ということはないし、プログラムを入力するほどきんちゃく袋のように膨れ上がりもしない。

もちろん32キロバイトや64キロバイトの製品の方が高価だった。だけれど、宝石のチラシの0.1ctと1ct、マンションの1DKと3LDKのような露骨なというか、一目で納得できる「差」はなかった。同じ面構え、同じ大きさで「パソコンでござい」という感じで売り場にでんと置かれたパソコンをみて、おまえは出来ないやつだとか、おまえはここまでだもんな、みたいに受け止めることができなかった。

「RAMが32KB以上必要です」という注意書きに、そうはいうけど、本当？ という、疑心暗鬼というほど強い感情でもない、むしろ平熱の疑いのようなものを抱いて、ポチポチ無駄にキーを打ち続けた、暗くなるまで。

今思えば見た目が同じなのに価格が違うという、そのこと一点で、キロバイトこそがいかに重要かを知るべきだったのだ。

今ならそんな無駄はしないだろう。スマートフォンを買い替えるときだって、あらかじめ搭載メモリを考慮に入れて検討している（それもまた、かつてのパソコン同様、どれも同じ「スマホでござい」といったつるりんとしたツラを示すのだが）。でもそれは、自分が成熟したことの証拠になるだろうか。ポチポチ入力したあの「信じなかった自分」は、本当に塗り替えられたんだろうか。

そして、こういうことは同年代のデジタル好きと話し合っても案外、共有することができない。昔の16キロバイトと32キロバイト、それと今のスマホの搭載メモリの差で生じる

「変わらない苦労、格差」を語りだしても、すぐに「昔のパソコンって、たった何キロバイトだったんだよね！」という「大小の比較の話題」にすり替わってしまう。キロがメガになってギガ、テラバイトになっていった、チップの集積率の向上とともに膨れ上がったその、めまいのするような数値の落差にこそ強い興奮性がある。最初の『ドラゴンクエスト』のプログラムはたった64キロバイトのデータだった、とかそういう「違い」の話題に収斂《しゅうれん》してしまい、値段と数値が比例し続けて今なお「変わらない」苦労については案外誰とも「しみじみ」できない。

何々くん、と議長の声が響き、野党議員の詰問調が再び始まってしばらくすると、武上さんはラジオのアイコンを押した。

「チャンネル変えてくれる」

「どこでもいいですか？」

液晶画面をいじると放送局名がずらり表示される。あまりおしゃべりのうるさくなさそうなチャンネルを選ぶ。武上さんの軽自動車は軽とはいえ新車だし、なにしろ「最近の」車だ。昔のそれと異なった快調な走行を続けている。そういえば、見目が大きく異なる軽自動車と3ナンバー車とが、どちらも時速百キロ出すことはできる、という「例」もある。パソコンの性能と見目とのギャップをまた思う。

「007といえばさぁ」武上さんが話題を変えた。

「はい」

「亡くなった兄さんには息子がいたのよ。まさに君か、君より少し上の年齢なんだけども……これが問題児でねえ」

「はあ」

「なんか最近……少し前か？　偉い人、元事務次官が息子を殺しちゃった事件があったろう」

「ああ、はい、引きこもりの」

「そうそう、ずっと父子二人で暮らしたんだったか。その子みたいな子なのよ。いや、その子は殺されなかったんだけどね」

「そこは違うんですね」

「それが、0080問題、じゃない、なんだっけ、0011ナポレオンソロ、じゃない、ハチハチニーサン謎の人……」

「もしかして『8050問題』ですか？」我ながらよく気付いたなと思いながら回答する。

「それ！　その、ハチマルゴーマル。……なんなのそれ。ネットの言葉？」

「自分で思い出したんでしょう」007と全然違う。

いいや、これはネット発の言葉だろうか。親の財力でなんとか生きてきた引きこもりというのが全国あちこちに相当数いて、子が五十歳、親が八十歳あたりで破綻し始めている、というような話だったはず。その元事務次官の家もそうだった。

「ああ、それそれ。そういう息子でさ、なんか、すごいんだよ」

「すごいってのは、見た目が？」

「そう。人間じゃないの。二十年以上前かな、兄の家の玄関開けたらぬっと出てきたんだけどさ……外に出てくるなら引きこもりじゃないっていうかもしれないけどさ……とにかく、そのときはたまたま出てきたのよ。でも最初分からなくてさ。髭も髪も何年も切ってない感じで顔面もぼうぼうでみえなくて、眼鏡が毛の上にのってて……輪郭ももう人間じゃないのよ」武上さんは人間じゃない、と二度繰り返した。雪ん子怪獣ウーを想起するが、武上さんに通じる例か、迷って保留にする。

「ははあ」

「生き物でもなくて、なんだろう、なんか、氷山の一角みたいな。そんで、『シンスケくん？』って言ったら、向こうもさすがに久々の叔父さんだって気付いたみたいで、あっとか言って。で、お互い会釈なんかしてさぁ、それきりなんだけど。あれは大変だぞって感じで」なにがどう大変なのか、あとは続かなかったが、察することはできる。

「そういう人の話、よく耳にしますよ」

「そうかもしれないけど、二十年前でアレでしょう？　今もう、どれだけ育ってることやら」武上さんの声音は楽しそうにも聞こえる。「８０５０問題」なんて言葉が広まるくらいだし、いろんな場所に今、そういうぬぼっとした中年がいるはずだ。自分だって、運よく経済活動できているだけ、そういう自分であった可能性は十分にある。

「お兄さんの葬式では会わなかったんですか？」武上さんは首をふった。

「その彼に弟がいて、その家に居候してるとは聞いたけど。会えなかったし、なんとなく聞けないし」

氷山の一角みたいなという比喩を面白いと思い直す。氷山の一角という比喩は本体はもっと大きいということを表す際のもので、みえてる「一部分」という意味だ。甥御さん全体を視認しての言葉なら「氷山みたいな」が正しい。だけども、実感に満ちているという気もする。水面下（の途方もない、なにか）を見ただけで一瞬で感じさせたのだ。

メッセージを着信し、スマートフォンをみるとトシオから。

［スタジオ 21:00 からおさえます］そういえば夜、バンドの練習があった。長野までいって戻って、まあ九時なら大丈夫だろう。了解の旨、スタンプを返信する。

道はすいていて、空は晴れ渡っている。車は郊外の大きなパチンコ屋の前を通りがかる。地方都市のパチンコ屋の駐車場を視界の端に入れるとき、入店してないのにパ、チ、ン、コ、そ、の、ものをもうみている気分になる。

広大な駐車場が、広く空いている。平日の昼間だから当然なのだろうが、そんなに広い必要があるんだろうかと、いつも思う。白線で区切られた駐車スペース、その一つ一つに漏れなく乗用車がみっちりと整列して満車になる。そんなことあるだろうか。

自分がパチンコに興味をもてないから、そんなことをする人がこんなに大勢いるなんて信じられない、ということに過ぎないのだが、たとえ休日にここを通りがかって、満車に近い駐車場の様子をみてもなお、「信じられなさ」は拭い去ることができない、という予感があらかじめある。

白線で区切られたスペースに、自分の車を何度か切り返して納める、大勢の車の中の一台である。そのことと、パチンコ台の中をたくさんの釘に弾かれながら、収まるべきどこかに収まっていく無数の玉と。二者の間に類似を覚える。

もっとも、玉の収まる場所は、その場所ごとに差異がある。そこに入ることでルーレットが回る、得をする、だから是が非でも狙うべき穴と、徒《いたずら》に吸い込まれ、消え行ってしまう、損をするだけの穴とに大別される。一方の駐車場の停める場所には、そういった差異はないので、類似を感じるのはおかしいことかもしれない。

しかし、損をする得をするという切実な観点をもたずにみると、人も玉も同じ。ただワラワラと、あるルールに則って動く、そういうなにかの遊びをしている気がする。駐車場の広大さはそれ自体が雄弁な「語り」のようにも思える。「まだまだ『遊ぶ』をできますよ」と言っているのだ。

高速の入り口に入る直前でまた着信。今度は亀谷《かめたに》さんから。[石巻の写真って出てきました？」とある。来週、一緒に石巻に行くのだ。

「亀谷さんって覚えてます？　前の店に連れていった、漫画家の」

「ああ、あのオーディオセット選んだ、高速で一緒にエンコした子な」

「そう、あの人。昨年描いた漫画がバカ売れして、仲間内でも大出世しましたよ」出世が似合わないというと失礼だが、いつも謙虚でおとなしい、皆の後ろに望んでまぎれているような女性だ。欲のない彼女の思わぬ成功を皆が喜んだが、彼女自身の印象は変わらないまま。

「ほう」先の、土地が高く売れた話を聞いたときと同様の、どこかで儲けが発生したことそれ自体に対するわずかな高揚を、武上さんも相槌ににじませたように思う。

亀谷さんとは震災のあった翌年の石巻に、何人かで旅行したことがある。そのときの写真を新作で参考にしたいからクラウドにあげておいてくれないか、という話に、そういえばなっていた。

クラウドサービスが始まるまでのデジタルデータは、各自の各家庭にあった。外付けハードディスクに、めいめいでバックアップをとる。近過去の、もうしなくなってしまった風習だ。さてそれはどこに置いたハードディスクだったか、どのUSBケーブルでつなぐか、そしてそれは今も起動するか。面倒が積もって、放置してあった案件だ。

「画像が出てきても来なくても、私は近日中にまた石巻に行ってこようと思ってます」とメッセージが続く。強い決意を感じ取る。次作は石巻が舞台だと聞いている。復興で景色は大きく異なっているだろう。出てこなくても、とあるが、景色の変化を実感するのに前の写真が必要だろう。

［今夜か明日、探し出します］調子のいい返信をしたところで、車は高速に入る。ETCのレーンを通過したことに遅れて気付き、首を曲げて武上さんの横顔をみてしまう。そういえば、警告音が直前に鳴っていた。カーナビなんかよりも驚きが大きい。武上さん、クレジットカード契約をしたのか？

「ETC！」

「息子がETCカード作ってくれてさ」武上さんの息子さんは、彼のレコード店は手伝わないし理解もないが、そういう助力はしてくれるのらしい。

新車はなめらかに加速し、高速道路のペースにすぐ馴染んだ。どこかサービスエリアで運転を交代しましょうと申し出たが、すぐに着きたいし、いい、と断られる。

「運転ずっとで、疲れませんか」

「助手席も疲れる」そういわれると、やっぱり代わりましょうよと強く出ることもためらわれる。むう、と思う。ただの遠慮以上の拒絶を受けた感じ。七十代への労《いたわ》りは封じられてしまった。助手席も疲れる、という言葉を放ったあとも、放つ前の武上さんと特に変わらない、前をみてハンドルを握る武上さんをまっとうしており、それはそうだが、まじまじと横顔をみた。

　車は長いトンネルに入る。入ってしばらくして、思い出す。

「ここ、二十年くらい前に一緒にどこかに引き取りにいったときも、通りましたっけ？」

　武上さんは頷いた。

「あのころ、出来立てほやほや」

　あのときは、前のレコード屋の前で待ち合わせた。出発点が違って、高速の進入口が違っても、やがて同じ道を走ることはあるわけで、というか、下道を使わない限り、遠くへいく「道中」はだいたい同じになる、という道理を忘れていた。

　その、前の引き取りのとき、トンネルはなんというか、まっさらの新品だった。そして長かった。新しいトンネルというのは、別にトンネルに強い嗜好を抱く者でなくても、くぐり抜ける際に人をわずかに興奮させる、華やぎのようなものさえ感じるものだ。今こうして同じトンネルを走ってみると、あのころよりボロくなっているわけではないが、あのときの綺麗な気配はすり減らしているように思われる。それでも、あまりの長さに思い出したのだ。

「あのとき君さ」武上さんはなにかを思い出しながら噴き出した。

「なんですか、なんですか」

「『掘ったねえ！』って言ったの覚えてる？」

「ああ、はい、言った、言いました」トンネルに漏らす感想としては直截《ちょくせつ》に過ぎるということだろうが、それくらい長いトンネルだ。カーナビに目をやると、ゆるくカーブしたトンネルをたしかに進んでいることが分かる。出口は画面の外だ。目的地を案内してもらわなくとも、アプリやカーナビで場所がずっと分かり続けるということには不思議さと「贅沢」という気持ちが——その便利さに慣れた今も——うっすらと湧く。

前もそうだった気がするが、ここでうっすら眠くなる。トンネル特有の光の連続をまぶたに感じながら、蘊蓄《うんちく》を思い出す。『惑星ソラリス』という映画の未来的なトンネルの場面は、日本の首都高で撮影されたんだ。映画それ自体を観るより前に、蘊蓄《うんちく》が先に耳に入ってきた。

あの映画をみたときも、寝た。美人が出てきてぱっと目が覚めたのを覚えている。自分自身のげんきんな助平さで美人に反応したのだろうが、自分のせいではない不可抗力で目覚めさせられたという気持ちが残った。

掘ったねえ、という若い自分の素朴な吐露を、ひどいなあと感じ直す。トンネルは傷つかないわけだが、すごく不遜な声かけだ。

そういえば元総理大臣が撃たれたときも、同じ風に思った。二発しか撃つチャンスのなかった散弾の二発目。「(よく)当たったねえ!」だ。肯定否定の手前の強い驚き。さっき、ラジオの国会中継のとき、なんだか言わなかったのだが、武上さんは笑って同意してくれただろう。

　本当に短時間寝てしまったようだ。目覚めるとトンネルは終わっていた。もう二つ目のジャンクションで、ぐるんと回ると景色が変わる。周囲に住居や畑などがなくなり、人の住まない山を切り開いて敷設された道。トンネルも増えるが、断続的で短いものだ。

　目的地を知らないドライブは、上映時間を調べずにみる映画のような焦れた気持ちを抱かせる。いつ終わりかが分からないのだ。高速の碓氷軽井沢インターを出たのが一つ、ペースを知るよすがになるが、まだ先は長いのかもしれない。

　少し前までこちらでは雨が降っていたのか、路面は濡れていた。武上さんは登坂車線を選ぶ。左右の樹々が色づいている。雨が空気を澄んだものにしてくれたか、樹々の切れ目からのぞく青い空も遠くの山肌も明瞭だ。

　上り坂を右に左にカーブするごと、樹々の紅葉はさらに鮮やかなものになる。出発時の駅周辺の森はまだまだ緑だった。標高差で、こちらは今が見ごろだ。登坂車線に入った意味がないくらいすいていて、貸し切りのような贅沢な気分だ。

「美しい」

「綺麗だな」中年と老人の男二人、横並びで感想を漏らす。

　コンビニでトイレを済ませ、広い駐車場で、紅葉したり枯れていたりする山肌の複雑な模様を秋の日差しがくっきりと照らす様を写真に撮って妻に送る。普段、風光明媚な景勝地や自然豊かなところに身を置きたがらない自分が、こんな写真を一枚送るだけで笑ってもらえるだろう。

改めて運転の交代を控えめに申し出てみるが、もうすぐだからとまた断られた。それから三十分ほどかけ、住宅街と畑と混ざったような地帯を進み、だんだん道を入り込むごと道幅は少しずつ狭くなる。未舗装の道で小石を蹴散らす音を立てながら停車した。うっそうと茂る林の手前に降り立つ。

事前の説明によれば上からみて三角形の端の土地、ピザのさきっちょだけが木がぼうぼう生えていて、あと周囲は拓かれているちっぽけなものということだったが、そういっても大きいと感じさせる林だった。道沿いに門柱が一応あって、朽ちかけていて「武上」と表札が視認できる。運転席から降りた武上さんは車を隔てた向こうでうーんと伸びをした。

「森ってさ、何百年もかからずに森なんだよ」

「はあ」

「つまり、たった三十年くらいで、手入れしてないと平地がこうなる」言われて改めて土地をみる。

「もう少し端に寄せるか」武上さんは僕に手でよけるようジェスチャーをして、車に再び乗りこんだ。ハンドルを切り、敷地のギリギリに車を寄せ直して砂利道を空けた。

林の奥にプレハブの一部がみえる。武上さんは門の脇から草の中に入り込もうとして、数歩も行かずに戻ってきた。自動車の後部ハッチを開け、取り出してきたのは軍手と鎌だった。

「長靴……も、あるけど、はく?」

「あ、うーん、いいです」

武上さんは鎌で目立った蔓《つる》や草を払いながら進み、僕はあとに続いた。プレハブまで十メートル程度だが、たしかに丸腰では近づくのも大変だ。バラ科のなにかの草のトゲを注意され、ズボンにひっかけつつ前進する。

「あれ」玄関扉の前まで着くと武上さんは怪訝な声をあげた。

「メーター回ってんな」一応、電気と水道をひいてあるのだそうだ。鍵束の鍵を一本一本より分けて検分しているうち、プレハブのドアが内から不意に開き、二人わっと声をあげる。

大柄な、髭の中年男が出てきた。

「なんですか」我々を訝る、声音がとても低い。

僕は男に気圧《けお》されながら、確認するように武上さんに顔を向けた。当惑があらわになっている。

「え、あ……シンスケくんか」武上さんは手に持ったままだった鎌を後ろ手に隠すように下げた。僕は——そうしたほうがあらゆる観点から、よりよい気がして——それを咄嗟《とっさ》に受け取り、もみ手する手つきで持ち直した。

「どなたですか」

「元気だった？　ほら、叔父の」

「ああ……おじさんか」男の声音から警戒心が抜け、好奇の色が一瞬だけ覗いた。

三時間ほど前、駅の階段を下りながら生じたのと同じ感覚を抱く。視線と無関係に不意に記憶が喚起されて、それは視界の焦点があうのと似た、覚醒的な感覚を伴っている。今、男の目の色にそれが生じているのを感じ取る。

同時に自分のうちにも。そうだ、車内で説明を受けていた、武上さんの、死んだ兄の息子だ。「件《くだん》の」と前置きをつけたくなる、引きこもりの息子が「ここ」にいるとは、武上さんも思っていなかったようだし、もちろん僕も全然思っていなかった。

説明の通り髭も髪も長いが決して「雪ん子怪獣ウー」というほどではない（ウーみたいだとは武上さんは一言も言ってないが）。目も口も、視認できる。はっきりした、強い顔。インテリのお笑い芸人の不遜なボケ役みたいなムードを感じ取る。

「あの、連絡受けてる？　この土地が売れることになって……」普通なら「元気か」とか、場合によっては「この度はお悔やみを」とかなんとかから入るべき関係性のところだろうが、いきなりの訪問で本題から入らなくてはならないことになり、武上さんはいつもの悠然とした態度をすっかり失っていた。あえて「果敢に」という風に経緯を話し始めている。

武上さんの説明に、はあ、はあ、と気の抜けた相槌で応じる男の目からは、もうとっくに、わずかな好奇の色も警戒心もなくなっていて、年季の入った引きこもりのオタクたちに感じる共通の――世俗に対する無関心の――膜を漂わせ始めている。

　東京から三時間かけてやってきたら、売るつもりの家に人が住んでいた。それは大きな問題の発生だろうが、さらに大きな問題も予見できた。

　説明をする武上さんの奥の男の奥の、玄関の奥、家の中になにかがうずたかく積みあがってみえるのだ。昔と比べて居住スペースが劇的に広くなったと評判の新車の軽自動車の、その荷台を心細く思い浮かべる。

「まあ、立ち話もなんですから」男は促した。え、入っていいんだ。正直、意外な言葉だった。帰ってくれ、と言いそうな唇だった。

「……といっても、中も座れるか分からないですけど」と平坦な声音で続け、冗談めかしたとかろうじて分かった。二人、男に続いて家に入る。

「うわ、うわ。なんだこれ」

　入ってすぐ武上さんは絶句した。本がうずたかく積み上げられている。剝き出しではない、プラスチックの百円均一の店なんかで入手できそうな収納ケースに本が収まって、そのケースが天井まで積みあがっているのだ。白っぽいが透けていて、中はすべて漫画本らしいと知れる。ケースの塔は壁に隙間なく几帳面に並び立ち、左手の室内にも続いているようだ。玄関で靴を脱ぐ。上がり框《がまち》からの床は古びたビニールぽい素材で、五十センチもみえない。すぐ漫画の塔の根っこがみえ、部屋までの小空間が圧迫されていた。

「うわあ、なに、え、なに、この、量」そこに立っている男の所業と少しも思ってないような、無遠慮な驚きの声が武上さんの口から漏れ続けている。

蟹歩きで部屋に入る。六畳くらいか、大きさが分からないのはやはり「塔」が部屋の大半を占めているからだ。驚き、狼狽する武上さんをしり目に、その「部分」を観察する。積み上げられたプラスチックのケースには「コミックスが二十冊収納できる！」と具体的な容量が記載されたシールの貼られたものもある。よくみると、引き出し式ではない。上から蓋をするタイプのケースであるようだ。ということは、こんなに積み上げたら下段のコミックスを取り出すのは大変だ。

大変だというか、もう不可能ではないか。男はポケットに手をつっこみ、特に説明の言葉もなく、というか、みてもらうことですべて納得してもらおうという気配で、ただ立っている。

密集した本の集積を眺めながら、呆れや驚きはもうさほど感じていない自分に気付く。不意にみたから驚いたが、こういう人って、いる。かつてレコードを引き取りにいったときだって、これほどではないが、畳が沈んだ家に何軒も立ち会ったではないか。

ケースの中にうっすらとみえるのは本だけでない。未開封の箱入りのフィギュアや、かって自分もいじったＭＳＸパソコンの周辺機器も見て取ることができた。

むしろここではそれらの量よりも、その整然とした積み上げ方に驚く。

「サーバーだ」と僕の口からも小声が漏れたが、武上さんは聞いておらず、片手でスマートフォンをいじっていた。現状を把握し直すために親戚とのやり取りを確認しているのだろう。あるいはこれから会う予定だった不動産屋へのメールか。先刻までの道中で思い致したサーバーや、キロバイトを思う。昔のパソコン少年がぽちぽちキーを叩いていた、いじましい、容量16キロバイトのチップ。どこかの孤島の巨大サーバー群の中のチップ。極小のチップの中で、物理的に「あって」場所をとっている、誰かの写真やメールやゲームプログラムのデータの電子の一つ一つ。そんな風に、ここでは男のコレクションの一冊一冊が、整然と、森の中のプレハブにぎゅうぎゅうに詰め込まれて「ある」。

偉い、どこかの元事務次官が自分の息子を刺した事件を一瞬、思い浮かべる。息子の居室はほとんど光の差し込まない、ひんやりとしてどこか黴《かび》くさい、こんな部屋だっただろうか。

トシオに、今日、スタジオ九時に間に合わないかも、とメッセージを送ったほうがいいかもしれない。僕はごくりと喉を鳴らした。森に潜む、同世代らしい謎の人物をみやる。おじさんを見下ろしながらまなじりをこすっている、氷山の一角みたいな男。いいえて妙だ！

運ばれる思惟

新幹線に乗り込んでいた三人に、まずは詫びを告げる。

「いやあ、間に合ってよかったですよ」

「よかった」

「よかったぁ、乗れて」初対面の一人を含めた三名とも、口々に安堵の言葉を漏らす。たく、なにやってんだよ、とかノロマ、とか舌打ち気味に罵られたりしない。微温的かつ柔和な出迎えで、まずはありがたみにしみじみする。三名とももう、旅が終わったというと大袈裟だが、目的地に無事に着いたのと同じくらいの安堵の気配を醸し出している。間に合ったのだから大きな迷惑をかけてはいないものの、心配をかけたことは間違いない。それほどまでにハラハラさせた、ということだ。

「ほんと、すみませんでした」すぐに車両は動き出した。前後の車両から乗り込んだ人の通路の行き来が始まるのを見越し、スーツケースを急いで荷物棚に抱え上げた。

「大きいですね、荷物」手伝おうと立ち上がりかけた山本さんを制した。

「いえ、中はほとんど空ですから」鞄はごく軽い。行った先で受け取る物が多そうで、あらかじめ荷は減らしておいたのだ。

窓側に座っていた亀谷さんが「汗、大丈夫ですか」とハンカチを差し出してくれたのも手で制し、売店で買い求めた駅弁とビールの袋を足元に置き、座席に収まる。まだ誰からも指摘されていないが、駅弁とビールを持っているのがとても恥ずかしい。断っておきながらハンカチは持っておらず、汗に濡れた額を掌で拭う。

「どうも、ご無沙汰してます。こんなところで恐縮ですが」山本さんが名刺を寄越した。

「いえいえ、今日はすみませんでした！」すぐに中腰になり、汗を拭わなかったほうの手で受け取る。恐縮される筋合いはない。こんなタイミングであわただしい名刺交換（こっちは名刺を持っておらず、受け取るだけだが）になっているのも、僕のせいだ。名刺には「集栄出版　コミックスマート編集部　山本道夫」と記されている。出世したり、異動したりで同じ人が、たまに会うたびいちいち異なる肩書の名刺をくれることには慣れている。連絡先はほとんど変わらないし、電話が通じなくなっていてもＳＮＳの機能で連絡はつくので、こちらとしては意味のない紙を重ねてもらうことになる。これは向こうに必要な儀式だ。

ただ、山本さんの場合は十年前にはただの友達であり、フリーの編集者だったのが、いつの間にか立派な出版社に入って肩書もついており、この儀式には意味がある気がする。

もし遅刻してなかったならば「ほう」とか「へえ」といった声の漏れる、冷やかし交じりの受け取りになったろう。

「カメラマンの松原です」山本さんの奥の、ニットキャップの（それだけで安直に、カメラマンらしいと思わせる）男は会釈をしてみせた。

「いやほんと、すみませんでした、よろしくどうぞ」名刺を二人分もらった気分で、重ねて頭を下げる。

切符をまるまる忘れたことに気付いたのは東京駅の、新幹線のりかえ口についてからだ。今日の旅行の切符と特急券は数日前に山本さんから郵送されていた。旅費は現地精算ということは忘れず、前日に銀行で下ろしていた。

そのように切符を事前にもらっての旅行が案外、初めてだったというのは言い訳になる。最寄りの駅からは普段使いの交通系ＩＣカードで入場してしまった。そのときイメージしていたのは、東京駅ののりかえ口で集合したところで皆に山本さんが切符を配る図だ。そういうシーンはこれまでの人生に何度かあって、自然に思い描くことができる。

のりかえ口での、スマートフォンのやりとりでも、すぐには気付かなかった。メッセージアプリに【着きました、皆どのへんですか？】送信すると、すぐに丸く縁どられたフキダシの中に【皆、もう乗ってますよ】と亀谷さんの返信が届いて、訝《いぶか》しく思った。

もう乗ってるってどういうこと？　皆、なにやってんだ。舌打ち混じりに思考を続けるうち、脳に電撃が走った。切符は封筒に入ったまま、はるかかなた、店舗兼仕事場の事務机の上だ。

時計をみると十一時十分。出発まで十分しかない。バカ、バカ。一歩ごと自分を罵りながら、みどりの窓口（的な場所）を探して歩いた。

みどりの窓口的な――正式な名称は分からない、みどりの窓口そのものだったのかもしれない――ところに行くと、受付の男の態度はいささかうろんげだった。

「再発行してもらえたんですか？」動き出した車内で、亀谷さんは心配顔を崩さない。乗りそびれが回避されてなお生じているであろう彼女の心配はおそらく、切符を新たに買い直したのではないかということだろう。乗車を叶えることと引き換えに、僕が多大な経済的ダメージを受けたのではないか、と。

「いや、うん。大丈夫。『仮の切符』っていうのかな。一時的に別の切符を、金を払って発行してもらって、後日、紛失した切符の現物と、再発行の切符を揃えて窓口に持っていくと、手数料をひいた額を払い戻してくれるって」

「よかった、よかった」僕の説明が耳に入ったらしい、前方の席で山本さんも声を挙げた。出発一、二分前のギリギリに滑り込んできた男の到来がいかに劇的なものだったのか、まだ座が高揚している。16列の二人掛けのDが山本さん。Eがカメラマンの人。15列のEが亀谷さんで、通路側のDが自分の席だ。

椅子の背もたれに背中をつけたところで大きく息を漏らし、自分自身も高揚していたことを実感する。

東京駅を出た新幹線はまだまだ本気を出さない。余力を十分に残しているような、おなじみの悠然としたラン。

「でも、再発行で、同じ席に座れるんですね？」

「いや、うん」亀谷さんの素朴な質問に、思わず歯切れが悪くなる。実際には違う。「座席は新たにお取りすることになります」受付の男はそう言ったし、再発行された切符には7－Bと記されている。座席位置どころか、車両さえ別だった。

なぜ、座席を新たに設定することになるのか。もらった切符を手にした時点で思案しかけたがそのときは打ち消した。なにしろその瞬間は優先的にすることがあった。改札に走らなくては！

「座れます」亀谷さんにきっぱり口にしたが嘘。これは完全な独断だ。

新たな席番号を無視したのは「皆と一緒に行きたい」からだが、その願望は五十近い中年の抱くものではないなと思う。むろん切実な願いではないに決まっているものの、反射的に、まあいいかと判断してしまった。

僕は本来座るはずだった番号の席にどっかと腰を下ろしており、テーブルさえ倒した。売店で買ったビールのロング缶を足元から取り出して、テーブルの凹みに据え付ける。

「ビール買ったんですか」亀谷さんの声には含み笑いが伴っている。質問に、前段を感じ取ることができる。

「うん」相槌をうちながら「やはり」と思う。切符を忘れて乗り損ないそうになったのに、ビールを買うことはしたんですか、だ。普段の彼女は仲間内でも誰もが認める、気遣いに満ちて控えめな優しい御仁だ。仲間の誰かが失敗しても過剰にからかうことはしない。だが、そんな彼女でさえ、ここは含み笑いくらいしたいところだろう。

「切符を忘れたと気付く前だよ、買ったのは」一応、弁明を加える。包みを広げ、駅弁の姿もみせた。亀谷さんは覗き込んで、ああ、としみじみした声音をあげた。

「久々の新幹線だからさ」

「そうですよね、私も買ってます」その同調に彼女の生来の優しさを感じ取り、あらためてしみじみする。

優しさとも無縁に、大勢と共有できることでもあるだろう。新幹線の旅行と言えばなんといっても駅弁（にビール）。分かる分かるー。たまにしか利用しない者にとって新幹線は移動手段ではない、レジャーの舞台であるはずだ。

まあ、今回に限っては分かる分かるー、ではない。自ら否定したくなる。その共感の手前に、あるだろう。

新幹線の旅行と言えばなんといっても切符、だ。本・末・転・倒！　スチャダラパーが四字熟語を一字ずつ区切って歌う曲が脳裏に浮かぶ。

　大人になるとより大人から叱られないということも、つくづく実感する。もっと、ペナルティがあってもいい。亀谷さんの普段通りの優しさの発露を甘受しつつ、なぜか物足りなさのような気持ちも抱く。怒られなくて物足りない、などというとさらに不遜なのだが実際、拍子抜けだ。

　これまでも、これに類するど忘れや失敗でどたばたすることはあった。仲間内では呑気坊主の三枚目キャラクターとみなされることの多い人生ではあったが、いずれも苦笑いですませられた。今やだんだん、ど忘れが当たり前のこととして、諦めと慈愛の目で受け止められる高齢者の域に入ってきたのではないか。苦笑いで終わらない、薄ら寂しいことでもある。

　実態とずれた、どたばたした若いキャラクターの象徴のように目の前にある駅弁だが、それはそれで、食べてしまうことにする。

　新幹線は、東京から西に行くなら新横浜、北に行くなら大宮を過ぎてからが新幹線だ(これまた大勢と共有できる感覚で、既に誰かが言語化していることかもしれない)。

　もちろん、そこまでも徹頭徹尾新幹線なのだが、実感としては、それらの駅を過ぎてやっと新幹線の目に光が宿る。

「そろそろ行きますか」的に加速し、車窓の景色も無情にぶっ飛んでいく。それでいて、次の駅がなかなか訪れない、超高速でもたらされる不思議な静謐。そういう実・新幹線の充実の時間の到来というものを（呑気坊主な）僕だけでない、誰しも待っているはずで、皆が実感する切り替わりの定着した（大宮か、新横浜を通過した）後に駅弁を食べるのが、自分の新幹線作法だ。

いやいやいやいや、切符を持って家を出るのが作法だよ。心中に、自分のしくじりを責める声がしつこく去来するのを無視し、駅弁の蓋を開ける。ビニール袋に紙蓋を入れ、丈の短い割り箸を取り出しながら、亀谷さんに、自分なりの新幹線駅弁作法を話し聞かせる。

「今まだ、大宮に着いてないですけどね」

「ほんほだ」もうごはんを一口頬張ったところだ。

「すごい、若いですね」弁当の中に大きな揚げ物をみてとり、亀谷さんは感心の声を挙げた。首を小さく動かして恐縮してみせる。もう、食が細くなった、とかボヤいてもいい年齢のはずなのだ。

「そういえば。十年前もここで私、感心したわ」亀谷さんの瞳が丸くなっている。

「ここ？」

「ここじゃないけど」新幹線の天井のあたりをみつめながら、十年前を思い出している。

僕は僕で、十年前の亀谷さんを思い出す。

亀谷さんと山本さんと僕は、この旅は二度目の石巻行になる。震災の翌年、二〇一二年の二月に会った高校生に、十年ぶりに取材しに行くのだった。

つまり、十年前にも我々は新幹線に乗った。十年前にも隣同士の座席に収まり、そのときも僕は駅弁を食べた。そして亀谷さんは駅弁を覗き込んで、とんかつかなにか、大きな具をみて、その食欲に感心した。さっきのは十年越しのリフレインだったのだ。

「じゃあ、少なくとも僕の、胃袋だけは十年前と同じで老けてないのかな」

「そうですよ、すごいですね」

「もしかしてだけど、亀谷さん、新幹線に乗ったの、あのとき以来ぶり？」

「あ、そうです、十年前の、あの新幹線ぶりです」やっぱり。そんな気がした。

「よし、私は、大宮すぎるまで我慢する」うん、と弁当を我慢する決意を表明し、亀谷さんは文庫本を取り出した。

平日の午前の新幹線はそんなに混んでいない。山本さんとカメラマンの男は特に雑談に興じるということもないし、通路を挟んで隣の女は座席を大きく倒し目を閉じている。後方で幼児が奇声をあげ、一人でウケて笑ってまた声をあげ、を緩慢に繰り返していたが、あとはいたって静かだった。

食べるのでなく弁当を「使う」という言い方があるが、そんな感じで、車内の閑静さに準じて、寡黙に食べ進める。おかずで椎茸の煮たのを真っ先にかじるのは、好物だからではない。「好物をあとにとっとく」わけでもない（椎茸の次にはメインディッシュを一切れ食べるつもりだ)。
「大嫌いというわけではないけどもあまり好きじゃない」ものを、早めに視界から消してしまいたい。「退場」させるような気持ちでまず箸を動かす。

十年前もきっとそうだった。亀谷さんは食べる順番までみない。今もみていないから、指摘することもない。弁当は常に、鮭とかとんかつとかが嬉しくて、椎茸とか煮物はさして嬉しくない。心の中で弁当の具に序列をつける癖が、子供時分から中年の今までずっと引き続いている。いわゆるテーブルマナーと違い、弁当は個人個人の狭い空間での食事だからか、そこだけ大人にならないままで来れてしまう。

親の手作り弁当から、コンビニの薄く平たいプラ容器の弁当、そして駅弁までずっと、椎茸とか切り干し大根といった年寄りじみた具が入っていると、いちいち微量のいらだちを感じてきた。大人げないというか、大人じゃないなと思う。顔をあげると世界は変わらず新幹線の車内ならではの静謐さで、自分の中に生じた狭量な感性を誰かが糾弾してくる気配などない。叱られなくなったという先の実感と、自分の膝の上での取捨選択の幼児性とが紐づく。

だいたい、本当はもう、椎茸や切り干し大根を憎んでもいない。まずいと感じるでもなく、ただ反射的に箸が順序通りに動いているだけだ。

だとしたら僕ももう大人なんだろうか。子供時分からの箸運び、新幹線と言えば駅弁だろうと決めつける稚気、そういうあまたの重みのない「自分」を、もうけっこう生きた自分に貼り重ねた上で、時速三百キロで運ばれつつある。

亀谷さんはさっきと十年前と、二度感心した。

東北新幹線のレールにズレはない（はず）。僕と亀谷さんも、まあ同じ運ばれ方をしている。とんかつ弁当が山菜おこわとかになっていないし、僕だけが知っている食べる順序も同じ。

でも、なにもかも変わってないなんてわけがないのだ。

箸から口に放り込まれる冷えた白飯を咀嚼し続けるうち、空腹が満たされるのと歩を合わせるように、ほどよい度合で直前の思考を忘れていく。半分ほど食べ終えたところでビールを開けた。

文庫本をめくっていた亀谷さんだが、ビールの蓋を開ける空気の音を節目にしたように顔をあげた。

「そういえば、武上さんはお元気でしたか？」

「ああ、うん」先週、共通の知人である古レコード屋の武上さんに会ってきた。その話題を本当なら東京駅のホームや発車前後にでも持ち出していたところだろう。武上さんのバイトで田舎まで日帰りでいってきたのが、二人に共通の「最近のトピック」だった。

「プレーヤー、蓄音機ですか、あれ、みましたよ」

「うん、あれね」武上さんがＳＮＳに画像を載せた手回しの蓄音機。和室の畳に置かれた巨大な蓄音機の周囲を蔓草が取り巻いている写真。ずっと親戚の建てたプレハブの家の奥の間に置かれっぱなしだった蓄音機の周囲を、古壁の――ヒビなのか、板材の継ぎ目のズレなのか知らないが――隙間から入り込んでいた植物が生え茂り、取り囲んでしまっていた。アンティークと植物とが不思議な調和をもたらした写真には「いいね」がけっこうな数ついていた。

しかし、その和室の蓄音機の写真は、プレハブのほんの一部しか切り取っていない。家の外観も、後に住み着いていた住人が持ち込んでいた大量の書籍の山も、住んでいるはずのなかったその住人自体も、写真からは省かれている。写真の世界にはトリミングという言葉があるが、家の抱える問題がまるごとトリミングされているとでもいうべきで、「そこ」しか「いいね」をつけられる撮影ポイントはなかった。

「蓄音機でレコード聴けたんですか？」亀谷さんは、武上さんの投稿にも「いいね」だけでなく、それでレコードを聴けるのかどうかと質問のコメントを寄せていた。

「いや、うん、あのときはそれどころじゃなくてさ」武上さんとの日帰り旅は、話し始めると長くなる（し、また次の旅がありそうだった）。

「とにかく、武上さんはお元気でしたよ」まとめてしまう。

大宮で乗り込んできたサングラスの婦人が、僕と亀谷さんをみつめ、手元の切符と照らし合わせているので肝を冷やす。彼女の切符に、ここの番号が記載されているのではないか。もぐもぐと使っていた箸をとめ、腰を浮かしかけたところで「違うなあ」という風に首を振って去っていった。

こちらはいつでも猿芝居をうつ心の準備をしていた。あ、すみませーん、間違えてました。すぐ、移動しますんで。ペコペコと頭を下げ、棚の荷を下ろし、そそくさと退散、亀谷さんらへの釈明はあとでメールで……。

そうせずにすみ、ほっとしながら、再発行の切符の座席が新たに設定されている理由を、新幹線運営側の観点で考え直す。受付で切符紛失を訴える人が嘘つきで、本当にはオリジナルの切符を持っている人は別にいた場合、紛失した座席の番号と同じ番号で仮の切符を発行したら、現場では二人の人が「俺の座席だ」と訴え、争いが生じることになる。そういうドッペルゲンガー登場のようなトラブルが本当にあるか分からないが、それに類するトラブルやズルを防ぐため、空席があればそこに仮切符の座席を割り当てるのだろうか。

仮切符に別の座席を割り振って、当の座席はリセットし、新たな客のために再販売するということもありうるか。発車十分前の申し出で、残り九分で売っても買い手がいるかどうかは分からないが、電子的な手続きだから不可能ではないし、東京からでなくとも、途中駅から終点までの乗客は見込める。

いやいや。前例の、虚偽の紛失の可能性を考えた場合それはしないはずだ。もし再販売があった場合、上野以降の停車駅で、この座席に座る資格を得た「正しい切符」を持ちし者が悠然と現れ、ドッペルゲンガー（？）は僕、ということにもなりかねない。酔狂で7号車まで歩いて行って、新たに割り当てられた空席をみにいったら、ドッペルゲンガーはそこにいるかも。自分の失敗への反省とは無縁に、疑問と空想が広がる。

切符上、僕の居場所は7－Bに新たに設定され、15－Dには×がついた。

そういう不整合と、そのつじつま合わせのための再割り当ては、パソコンのフォルダに出てくる「ゴミ」ファイルを想起させる。同じことではないだろうが、似ている。

マッキントッシュの画像データをウィンドウズで開くときに、ハードディスク上でだけファイルが二つになっていることがある。同じ名称の、片方はクリックしてもなにもならない。ファイルが半透明のゴーストのように表示されることもある。ゴミというのは正式な名称ではないし、正式な名称を知らない。あーそれゴミだから気にしないで、とか電話先の相手に伝えればそれで通る、あの変なデータ。プロパティをみると「0バイト」と表示されて、ゼロってこたないだろ、と思うのだが、あれはなんだろう。

先日、十年前の石巻の画像をいくつか亀谷さんに送ったときにも、彼女の受け取ったフォルダの中にはあれが生じたのではないか。

マックにはマックの、ウィンドウズにはウィンドウズの、流儀というか性分というかそういうものがあるらしい。相容れることはできませーんという、寄り添えない一線が引かれている。スティーヴ・ジョブズとビル・ゲイツがビデオモニター越しに罵り合う風刺（？）のアニメをみたことがある。最初は笑みを崩さない、慇懃《いんぎん》な体《てい》で始まりながらも互いにだんだん憎しみを抑えきれなくなり、皮肉から罵倒の応酬になる。

お互い、マシンガンとか手榴弾とか持ち出してやりあっていた（モニター越しなのになぜか攻撃は効き目があって、互いに黒焦げになったりしていた）ものだが、その風刺の真偽はさておいて、本当に相容れないままだと、つまり二種類のパソコンに互換性がないと、ユーザーを困らせてしまい、双方とも評判を落とすことになる。だからか、仕方なく（？）ファイルは使える。

でも、なんかゴミも出す。

もうマックもウィンドウズも三十年以上あるものだ。人間なら中年だ。大勢が日常的に使うツールもそれらパソコンでなく、スマホになって、物自体にお年を召した感じを抱く。そんなでも未だに寄り添えないらしい、フォルダの中にゴミみたいなものを生み出しながら二人とも、いる。

あの寄り添えなさに似た、硬い感触のルールというものに今さっき自分も触れた。誰もが普通忘れない、高価な切符を置いて駅まで来てしまうというのは大きなイレギュラーだ。それが生み出した二つ目の座席。新幹線の座席を統べるシステム上で「生じた」データ上の、ゴミとしての自分。人力であれを生んだ。

入力、ということは『欽ちゃんの仮装大賞』だ（「16番、パソコンのゴミ！」とタイトルコールする欽ちゃん）。全身黒タイツの大勢の黒子が段ボールでこさえた巨大なフォルダやアイコンを再現する妄想から、往年の（という感慨が相応しいかは分からないが、そんな感慨が伴わざるを得ない）「ハードディスクの断片化とその解消作業」についてまで思いを馳せながら弁当を食べ終える。箱に箸、紙の小さなおしぼりを散逸しないようにまとめビニールに移し、口が開かないように結んで足元に戻して、ビールだけを呷《あお》る。入れ違いのように亀谷さんが足元の袋を持ち上げて、弁当を開始した。横顔をみて、亀谷さんは十年前とさほど変わらないなと印象を確認する。

「そういえば、ゲンさん」前席の山本さんが声をかけて寄越した。僕のことをゲンさんと呼ぶのは山本さんと亀谷さんだけだ。気付けば山本さんもロング缶のビールを手にしている。

「ゲンさんはまだ『ミヤネ屋』をみてるんですか？」

しまった、と思う。

しまった、という語はここで感じることとして精確ではないものの、後悔が一番しっくりくる。

少し前に、統一教会問題を追いかけるようになった昼のゴシップ番組を毎日録画してみている、とSNSでつぶやいたら、周囲で妙な評判になった。いくら興味深い事件だからって、録画してまで？　と呆れ含みの笑いを生んだのだが、なんというか「ウケすぎ」だ。

「今は、録画はしてません」

「そうですか」山本さんの顔に、納得とかすかな落胆とが浮かぶのが分かる。

こっちはこっちで、ウケて嬉しい反面、「ミヤネ屋の人」のレッテルが頑強そうなことで将来、苛立ちそうな予感がある。先週、武上さんにも面白がられたばかりで、しばらくは誰彼に言われそうだ。おそらく、なにかを「録画する」という行いには、そのコンテンツへの愛情とか思い入れが普通、含まれるものだろう。好きなアイドルの歌う番組、初放送の映画など。いわばピュアな「想い」が録画という行為に込みになっている。ゴシップは、ピュアとかけ離れたものだ。だから、それを録画すると聞いて誰しも妙な気持ちが生じるのだろう。

「『ミヤネ屋』って、あの、テレビのですか？」前列窓側のニットキャップのカメラマン（先ほど名乗られた名を忘れてしまった）も興味を惹かれたらしい。

「そうそう、この人、『ミヤネ屋』をわざわざ録画してまで、統一教会問題を追いかけてるんですよー」山本さんに説明されるといかにも軽薄な印象になる。おや、という眼差しを向けて寄越した。

「レコーダーの容量がいっぱいになって、消すのが追い付かなくなってしまって」

「ああ、なるほど。ということは『ミヤネ屋』が統一教会を追いかける頻度が減ったということではなくて、あくまでもレコーダーの事情で……」

「ミヤネ屋さん自身は、前ほどではないようだけど、時間を割いてやってるみたいですよ」

「なるほど」

「ただ、僕もさすがに、まあ、もう大体『分かった』というか……」

「『おなか一杯』になった感じですか」と亀谷さん。なぜか、助け舟を出してくれた風でもある。

「まあ、そうかな」

「なるほど」なるほど、とすぐ納得するのが山本さんの癖だった。すぐというのは頻度のことでもあるが、納得までのハードルがすごく低い感じもあって、それはなんだか危うい、と十年前に感じていたことを今、思い出した。

カメラマンの男は特に感想を表明することなく正面を向き、山本さんも軽薄な気配をたたえたまま会話を切り上げた。

元首相が銃撃、殺害されて世間がざわついて少し後、犯人の動機が判明すると、それは意外なものだった。国家転覆ではなく、宗教二世（という語はこの件で広まったのだが）の、団体への怨恨。宗教二世だって深刻な社会問題ではあるものの、どことなくゴシップめいた話題にスライドしたことに、誰もが意表をつかれたはずだ。

それまで、どんなことであれテロは許すべきでない、という正論が前提としてあったし、人が一人死んだという単純な出来事の重さもある。なにより、元とはいえ長期政権を担った宰相の死だ。

少なくとも厳かに、しめやかにするもんだろうと育まれつつあった気配（や、逆に死んだからと言って過剰に美化してはいけないと警告する声）が一瞬「え？」と脱臼した。激しい攻防の渦中にいるボクサーや力士が、体が離れたある瞬間、ただ見合って時間が止まったようになる瞬間がある。またすぐさま相手より少しでも有利な体勢になるため、有効な一撃を与えるためにわっと動き出すわけだが、刹那、「えーっと」「どうすんだっけ」みたいに止まる瞬間が。

激しい打撃を繰り出しあう屈強な格闘家が「えーっと」とか「どうすんだっけ」とか、そんな弛緩した思考をするなんて普段なら考えられないことではあるがでも、そうとしか思えない瞬間がたまにあって、それが格闘技ではない――が、人気スポーツやエンターテイメントにも似た、派手に耳目を集める――局面で突然、どんと生じた。

「心を一つに」とか、「絆」とか「連帯」というフレーズを、ああいう、なんだろう、少なくともエモーショナルでは全然ない瞬間に、僕は強く感じとった。皆の心が「えーっと」で一つになった。

そして、そう感じ取ったということは。ビールを飲み干して、足元のゴミ袋の口を広げ、一時的に缶を入れる。自分は、激しく傷つけあうボクサーや力士たちの運動のようなものをも、感じ取っていたのでもある。スマートフォンでSNSをみていて否応なく思わされた。元首相を取り巻く声は、二発の銃声が鳴り響いたそのときだけしんと静まったが、その後も前も、激しいものだった。批判する者の声が怒号のようだというだけでない。肯定し、賛美する者の賛美もどこか怒号に似た激しさを伴っていた。

そんな二者が一瞬「えーっと」みたいに見合って、それから『ミヤネ屋』のような、本筋と無関係のゴシップ媒体がみるみる活き活きメラメラと、木から木に移り渡る大蛇のような滑らかさと活力を誇示し始めた。僕は蛇に魅入られた腰蓑《こしみの》姿のアダムになって、ふらふらとチャンネルをあわせ、宗教団体の勧誘のビデオだとか、元信者のインタビューなんかをまじまじと見続けた。団体が放送局を訴えるという対決姿勢が生じてから、番組はさらに熱気を帯びた。

スマートフォンの画面の中では元首相に批判的だった者とそうでない者、嫌いだった人と礼賛していた人、悪し様にやりあうムードがすぐさま復活して、さまざまな媒体が扱うそれらゴシップも「宗教二世問題」「宗教と政治との関係」という深刻さをまとい、ただちに彼らの話題の燃料としてくべられていった。

自分だけかどうか知らないが、僕は可哀想、と、ひっそり思っている。

俯瞰して、どっちもどっちなんて高みに立っているつもりではない。とにかく「可哀想だ」とだけ。

鋭く速い銃弾が、あるとき人間の柔らかい皮膚を貫いた。すごく痛かったろう、死ぬのは嫌だったろう。元首相に対してだけ思いうるのでない、量産型というか、誰のどんな死にもあてがえる、普遍的かつ平板な「可哀想」。ちっちゃな子供が、予防接種の注射を受けて二の腕をさすっている大人に対して思うみたいな。それを、殊更に思う。誰もが思ってもらえるはずのことを、彼だけなんだか、思ってもらえてないような気がする。

公に、元首相の死に対する無念や残念の表明はある、功績を称える声も。どの追悼の声も高らかだ。素朴な、小声での、生前してきたことへの評価とも無関係の、剝き身の死者に対する可哀想、という言葉を案外、聞かない。皆して、激しい格闘の武器に死を使っている。あんなに有名な、皆が「知っている」人なのに、誰もただ可哀想って言わないのが、可哀想だ。

脱会した元信者のインタビューや、昔の合同結婚式の様子などを夜中に（録画なので）熱心に貪り聞きながら実は、銃を撃った人についても可哀想と思っている。ただ、捜査途中の――というよりか、まだ生きている――人間に対して思えることは憶測でしかない。死んだ人に抱く可哀想さは完全だ。そして、どちらに対しても、ちっちゃな子供ではない中年の僕が抱くそれはきっと不遜とみなされる。ＳＮＳで吐露なんてしたら、ただちに膨大な「意味」に揉みくちゃにされてしまうだろう。

「平田さんと連絡取れました」亀谷さんがスマートフォンの着信を我々に伝えた。自分で起こした切符騒動のせいで意識から遠ざかっていたが、平田さんと会うのが今回の旅の主目的だ。

「石巻の駅まで、あ、車で来るそうです」亀谷さんの声色には驚きが伴っていた。

「免許とったんですね」山本さんが前の席から声を挙げた。

「だって、結婚もされたんでしょう」なにが「だって」なのかつながりが分からないまま、僕は言い足す。

「ねえ」亀谷さんは——先の免許取得への驚きとはうらはらに——共感を示した。亀谷さんの「ねえ」には、漠然とした肯定というか、感興がにじんでいる。あの平田さんが、免許をとって結婚するまで立派に育った。それは感慨深いことだ、という。

「いやあ、あの子がねえ」震災の翌年の二月、我々は白い息を吐きながら挨拶を交わした。マフラーの上に載っていた顔が丸くて白くて、なんとも幼く感じたことを思い出す。

「でもやっぱり、なんだか信じられんね」

「本当に」

「……なんで信じられないんだろうね」

「それもそうですね」

高校一年生に十年ぶりに会うと高校十一年生ということは、ない。進学か就職かは分からないが、高校生ではないその人になっているのが普通だ。親戚の子と久々に会うたびに生じるのと同じ、お馴染みすぎる「信じられなさ」の発生は、なんだろう。「信じられない」わけがないのだが。子供の成長に出くわすたびいちいち、我々はしみじみと、なにを信じられないのか。

十年前、ある漫画家のファンクラブのサイトに我々三人は関わっていた。山本さんが記事をまとめ、僕はページのレイアウトと一部Ｗｅｂコーディング、亀谷さんは当時その漫画家のアシスタントであり、サイトに用いる画像の用意を手伝っていた。当の漫画家が寡作だったせいか、ファンはむしろ熱く元気で、交流は盛んだった（二人が僕を呼ぶゲンさん、はそのときのハンドルネームを略したものだ）。

サイトのブログに熱心にコメントしていた常連で、パロディの4コマ漫画まで発表して、その座の人気者だった一人が、震災後に姿をみせなくなった。計画停電の続く、常より暗く静まり返った東京で、サイトに関わっていた我々は束の間、気を揉んだ。互いにファンというだけで、ネット上に集いあう同士どれだけ友好的になっていても、「どこ」に住んでいるかはよく知りえないものだ。大阪や福岡、北海道などあちこちの面々が、連日のように書き込みや漫画の発表をしていたはずの常連に対し、心配の声を挙げ始めた。「おーい」とか「大丈夫ですかぁ」とか、それまでの呑気なやり取りを引きずった口語的な活字がブログのコメント欄に（当時始まっていたＳＮＳにも）並んで、しかし答えはない。たしか彼は東北在住と聞いたことがある、と情報が寄せられると「心配してます」「できたら、生存報告だけでも」と深刻な言葉が集まった。

あのとき、皆がモニター画面の向こうに津波の波を感じた。頻繁だった書き込みのテキストやイラスト画像、それが途切れたことで具体的に生じた感触。波が一人の人を不在にしたという手ごたえをまざまざと思わせた。

十か月以上たってからだ。妹と名乗る人が、ファンサイトの方でない、本人のブログに現れ、訃報を報告した。石巻在住で、あの日、軽自動車ごと津波に呑まれたという。実家に残された彼の漫画雑誌やコミックスをご入用の方にもらってほしい、というのを読み、三人で受け取りにいったのだ。

その後、漫画家と山本さんとが喧嘩別れしてしまって、ファンクラブ自体がうやむやになってしまった。サイトの運営——情報の発信や、ファン同士の感想の言い合い——もSNSに収斂されており、今、あのときのサイトのアドレスをブラウザに入力してもそれは出てこない。ブログはどうか分からないが、廃墟のように静まり返っているはずだ。

当時、漫画家のアシスタントをこなしながらデビューを目指していた亀谷さんは、そこで親しくなっていた山本さんの売り込みでデビューが決まった。ここ数年で急速に広まったWebの漫画媒体で驚異的なPV数を記録し、映画化も決定した。今やすっかりヒット漫画家とヒット編集者だ。今度の石巻行も、二人は新作の読み切り短編の取材を兼ねている。山本さんは別の取材も兼ねており、それでカメラマンが帯同している。

僕だけ、特に仕事の用向きはない。ただ、あのときの元女子高生に会いにいく。あれからさらに出てきたというお兄さんの遺品を、検分する役。

そういえば、僕だけだ。十年前と今と、している仕事がさして変わらないのは。デザイナーと言っても活躍の場がテレビだ、海外だと広がっていったりはしていない。今もパソコンの画面に向かい、画像や音声の波形をクリックでつまんで、切り貼りしている。

さっき山本さんは名刺を渡し直してきた。亀谷さんは佇まいこそ変化がないものの、境遇は激変した。印税対策で仕事場を新たに借りて、家も遠くなったし、以前は友人と手がけた雑貨屋のＷｅｂショップでの漫画とか音楽イベントのフライヤーとか、ちょっとした仕事のイラストを描いてもらっていたが、今はもうおいそれとは声をかけられない。よく三人で朝まで呑み明かしていたものだが、もうこれから先、そういったやり取りは生じえない気がする。

また、それくらい二人の状況も変化したのに、高校生が変化することに対しては生じる「しみじみとした」「信じられなさ」が、二人に対しては生じない。立身出世は「信じられる」範疇のことなのだろうか。

停車したホームで弁当のゴミ袋からビール缶を取り出し、それぞれのゴミ箱に投じ入れ、移動としてもアトラクションとしても、新幹線は終わった。

軽いスーツケースを転がしてさっそうと次に進むはずが、仙台駅の改札を（仙台駅前で短い撮影仕事のあった山本さんとカメラマンのため）出るときも、在来線に乗り換えるときも逐一、僕は足止めを食った。

再発行した切符を、自動改札に入れてはいけない。入退場すべての有人改札で駅員にみせ、必ずそこのハンコをもらうよう、東京駅のみどりの窓口的なところで指示されていた。〇〇してはいけない、という否定形が、言葉の示す以上の、なにやら呪言のように作用している感じがする。

言われた通りに切符を出すと、受付の駅員は皆（仙台駅の、新幹線出口と仙石線入口と一名ずつ）、東京駅のみどりの窓口的な場所にいた男と気持ちがそれぞれ引き続いているかのように、けげんな顔をみせた。ええと……とかなんとかぶつぶつ言ったり、画面でなにかを確認したりで、ハンコはなかなか捺《お》してくれない。ノートを取り出し、手書きでなにごとかメモを取る者もいた。

彼らの様子ときたら、呪言（？）のせいもあってか前時代的どころか中世を思わせた。ファンタジー映画や、ロールプレイングゲームの中の、中世風の街の役所、検問や関所のイメージ。石造りの堅牢な、特別に設けられた、日の差さない狭い部屋にわざわざ巣くって、違反者や違反者予備軍を厳しく見張るだけの仕事に従事する、不審がることばかりを求められるそのせいで性格まで明朗さを失った、どこかかわいそうな、物語のモブ……とまでいうと、それは貶《おとし》めすぎだ。どこの改札脇の駅務室もそこまで陰気ではない。「時間をかけて訝しまれる」役割が初めから全旅程で決定づいている自分こそ、むしろ卑屈に陰気になっているだろう。

同行の三人は新幹線の出口でも、仙石線の改札でも、自動改札を自然に(当たり前だが)くぐって、少し先でいかにも健全、健康的に立って談笑している。誰も足止めを食ってる僕を責める気配はないものの、申し訳なさを感じるには十分な時間を取られた。

「大丈夫でしたか」合流すると、皆は気づかわしげでさえあった。仙石線の発車にはまだ時間がある。

「うん。なんか……ノートを取り出してメモされてた」あえて、謝罪の言葉を出すのはやめ、歩行の再開を促す。皆も鞄を手に持ち、肩にかけなおして歩き出した。

「ノート。へえ」

「なにを書くことがあるんだろうな」

「パソコンに入力するのでなく、わざわざねえ」

「人相を描かれたんじゃないですか?」

「人相!」

「なるほど、そうかもしれないですね」亀谷さんの思い付きを、山本さんが笑い含みに肯定する。防犯カメラが充実した時代に、ノートに怪しい者の似顔絵を描くルールが残っている？

在来線の車体には石ノ森章太郎の人気キャラクターがペイントしてあった。亀谷さんはスマートフォンではない、デジタルカメラを取り出して写真に収めた。それから箱型に座る、とても行楽っぽい座席に四人で収まる。おっとりと発車して、市街を抜けて木々の中をくぐり、また市街やトンネルを繰り返す。右手に海が見えるようになると亀谷さんはまた、カメラを向け始める。

「あれが松島？」車窓の向こうの曇った海に、黒い島影が点在してみえるようになった。

「あれ、ではないみたいです。もう少し先が……」

「松島って、松島やああ松島や松島や、の松島？」

「そうです。松島やああ松島や松島やの松島です」

十年前にこれと同じやり取りをしなかったのが不思議だ。不思議だね、と亀谷さんに言いかけて、寸前に気付く。十年前には仙石線に乗っていないから、そんなやり取りは生じない。仙石線は震災で不通だった。復旧に四年かかった、とニュースもみた。

石巻の駅でも僕だけが有人改札で立ち往生を食らった。対応してくれた女は、わざわざ後輩らしき若い駅員を呼んで、僕の出した切符をみせながら、なにか喋っている。「ダメな人の例」として教育事例にされているようだ。たまにしか来ないパターンだから、この機会にようくみとけよ、という風で、三回目ともなるとこちらもこちらで卑屈な気持ちはなくなっていた。しでかしたことに震えるばかりだった留置場から取調室、裁判所、刑務所と移送されるごとに余裕しゃくしゃくになっていく受刑者のような心持だ。

　切符にはすでに四つの印が捺され、帰りも四つもらうわけだから、印影同士が重なって後日精算の際には判別できないんじゃないかと心配にはなる。改札の外にはカメラマンの男だけが立っていた。

「またまた、お待たせしてすみません、いやほんと」

「いえいえ」会う予定の平田さんは到着が遅れる旨、少し前に連絡があった。山本さんはコンビニに電池を買いに、亀谷さんはトイレだという。皆の荷物の番をする体で男は佇んでいる。

　山本さんとの仕事は長いんですか？　石巻は初めてですか？　当たり障りのない質問が二つ浮かび、どっちでいこう、よし、後者でいこうと決め「いしの……」と口を動かしたところで
「アベさんは死んで当然だと思いましたよ、俺は」男の発声とかぶった。男の言の方がはるかに決然としたもので、自分のいかにも浮薄な発声など吹っ飛んでしまう。

「あー、はい」アベさんってどこのアベさんだろうと、さすがに思わなかった。死んだアベさんといえば有名なアベさんしかいない。統一教会の問題を録画してまで追いかけている男と出会い、なにか連帯を感じたのだろうか。言葉は空中をふるわすもので質量を伴わ

ないはずなのに、男の言にはゆるぎない硬質なものを感じ取った。新幹線から在来線までずっと思っていて、大勢でいるときでなく二人になったら言おう、と男の心中の掌でたぷたぷと零《こぼ》さず運ばれてきた、言葉だ。

なにげなく、かつ用心深く男の方をみながら、その背後の景色もみた。石ノ森章太郎の人気キャラクターが駅前にも設置されている。石巻には石ノ森章太郎の記念館もある。地元のヒーローだ。街おこしで駆り出された人気キャラクターの姿を、よその地方都市でもみるが、どれも寂しい。単体でどれだけよく造形されていても、どうしたって街に溶け込まない。寂れているからとかそういうことじゃなく、人気者やヒーローと現実の景色は折り合わないのだ。

ロータリー自体は広く取られており、車はほとんど行き来がない。左手には最近できたと思しき新しい木造の建物。ロータリーの正面には四角い、大きなデパート風の建物。向かいにもなにかの像がみえる。

たまたまだが、いかにもある日あるとき、政治家の街頭演説なんかが行われそう。

男の（わざわざ二人きりになるのを待っての）告白には、大袈裟な受け止めかもしれないが、それ自体にかすかなテロリズムを感じ取った。『ときめきに死す』という映画にもなった小説で、地方都市に演説にやってくる大物政治家を殺害しようとする若いテロリストがいた（映画版では沢田研二が演じていた）が、その地方都市の気配がたまたまだが今ここにも広がっている。

どうしようかと思う。男の言に強く賛同の相槌をうっても、別に構わない。死んで当然とまでは言い過ぎじゃないでしょうか、やんわり疑義を呈しても構わない。なんてことをいうんですか、誰であれ、死んで当然の人なんていません。強く疑義を呈しても、まあ構わない。

「ハハハ」間に合わせの反応を、僕は選んだ。肯定に聞こえるような笑いと表情を浮かべ、それで満足してくれるよう願った。子供の頃に読んだ「大人のマナー集」に、誰としても当たり障りない会話は野球の話題と天気の話題、宗教と政治の話題は避けよ、と書いてあった。なんで子供時分に、大人のマナー集なんか読んだんだ？　きっとあれだ、家にあるマンガを全部読んで、テレビもつまらない、親はどこも連れてってくれない、そんな休日が幾度かあって、それでその本はイラストまじりだったからめくったんだろう。

SNS上では——自分のスマートフォンの画面内でのことに限ると——誰も「大人のマナー集」なんか少しも読まなかったかのようだ。「ノンポリ」の自分には縁遠い「ネトウヨ」たちの言葉も、そのネトウヨを諫め、貶めたいという意欲に満ちた人たちがわざわざ「引用」してみせてくれる（激しくやりあうボクサーや力士たちよ）。

「まあ、そうですかねえ」やんわりと賛同の言葉を追加して、様子をみる。

統一教会のワイドショーを録画してまでみているというのは、男から発せられた言の硬質さと、むしろ真逆の態度だ。「あなたもあの問題を追いかけてらっしゃる？　同志ですな」と握手すべき人物ではないのではないか。「もっと真面目にやれ！」と怒ったっていいくらいだ。男の眼差しを改めてうかがうと、気色ばんでいるわけではない。穏やかだ。ぼそりと言い終えて、ひとまず満足したのだろう。

自分の方にも本当は言葉が残っている。本当は、ただ可哀想と思っている、という。新幹線の車内でわざわざ思った言葉が。この男に言ってみたらどうなるだろう、と思った。スタンスを推察するに、反射的には拒絶されそうな言だが。

駅舎から出てきた亀谷さんは新たに上着を一枚はおっていた。サイボーグ009の像の写真を撮っている。山本さんは小さなビニール袋をぶらぶらさせながらやってきて、腕時計をみた。

「向こうにあるの、V3じゃないですか？」ロータリーの向こうのデパートっぽい四角い建物の方を亀谷さんは指さした。

「え、ほんと、V3の像なら写真撮ろうかな」最近、再放送の昭和の『仮面ライダー』をみていて、映像の中の昔の景色にいちいち喜んでいることを亀谷さんは（それもSNSでの僕のふるまいをみていて）知っていて、水を向けてくれたのだろう。普段、旅もしないし観光地のオブジェなどにもまるではしゃぐことのない自分が、急にVサインを作ってヒーロー像との2ショット画像を妻に送ったら、きっと笑ってもらえるだろう。

「平田さん、まだ着かないみたいですね」

「さて、どうします」取材は明日も行うことになっているが、まずは亀谷さんの読み切りの取材を先にこなして、駅まで戻ってきて平田さんと改めて合流するのがいいだろうということになった。

皆、荷物をコインロッカーに預け、タクシーに分乗し、十年前に平田さんに案内してもらった小学校跡に向かう。

石巻の海近くの門脇小学校はすぐ背後が山で、校内にいた児童は山に避難したおかげで幸い、全員が助かった。校舎自体は津波に呑まれ、無残な姿を残した。

十年ぶりに現地に降り立つと、敷設された道路の広さとアスファルトの新しさが目につく。廃校舎は遺構として保存が決まり、だから十年前と変わらぬ壊れた姿をみせている。すべて流されてなにもなかった平地に、津波伝承館と慰霊碑ができていた。慰霊碑は緩やかな扇型で、巨大なものだった。記載される死者の名前が多いのだ。

多っ。素朴に驚き、納得も同時に訪れる。多っと口には出さない。

刻まれた姓名のいくつかを目でたどり、慰霊碑から校舎に歩きかけたところで、亀谷さんに呼び止められる。

「ゲンさん、そこの道路の、そこに、そう、立ってください」言われるままに移動して亀谷さんをみる。

「そしたら、私でなく、校舎の方をみて、首だけでなく体も、そうそう……それで、スマホで校舎を撮影してみてください」その通りにした僕を、亀谷さんは写真に収めた。

亀谷さんはスマートフォンとデジタルカメラを片手に一つずつ持っていた。両方の画面を皆で覗き込んだ。スマートフォンの方に、昔の写真が出てきた。そこには十年前の僕が写っていた。

「ほら、これ」十年前に同じ場所で撮ったものだ。

「若っ」

「うわあ、若いなあ」十年前の取材の写真のサルベージを亀谷さんに頼まれたのは先週のこと。数年前の外付けハードディスクは怪しい音を立てながらも認識し、僕は個々の写真を見返すこともないまま、フォルダごと急いで亀谷さんに送信していたので、現地で久しぶりにみることになった。髪の毛量の豊かな若い僕が、校舎を撮ろうとカメラを構えている姿が画面の中にあった。

「そして、今撮った写真がこれ」亀谷さんがデジタルカメラの方を操作すると、一分くらい前の自分の姿に切り替わる。

二枚の写真を比較すると、僕は老け、道路はぴかぴかに新しくなり、そして遠くの廃校舎は変わらない。

「面白いですね」カメラマンとしての感想を男はつぶやいた。

僕もなるほどね、と思う。校舎の背後の、皆が避難して助かったという山に登る。ここでも分岐する石段の途中で、亀谷さんは僕と山本さんとを立ち止まらせ、姿勢の指示をした。十年前に同じ階段の途中で僕と山本さんは写真に撮られていた。

もう二枚を比較しなくてもいい。十年前との違いははっきり分かる。僕は息を整え、シャツをぱたぱたさせて空気を肌に送った。

十年前にはこの階段でこんなには疲れなかった。疲れを伴うほどの段差があればこそあの日、大勢が助かった。

建て替えたという真新しい鳥居の前で。海の景色を入れて。十年前と同じアングル、立ち位置の写真をいくつか撮ってから、我々はめいめい散策をした。鳥居の寄贈者に志穂美悦子の名をみつけ、芭蕉の碑をみつけ、緩慢に歩いているうちに日が暮れてきた。山本さんと亀谷さんはともに歩きながら、次の読み切り漫画の構想を話しているようだ。

カメラマンの男は一眼レフで海の写真を撮っていた。横から眺めると

「あれ、なんでしょうね」とファインダーを覗き込んだまま尋ねられる。

「病院じゃなかったかな。あの建物だけ、津波でも流されなかったんじゃなかったか」

「いや、あの音です」

音。耳をすませるとかすかに、オカリナの音色が響いていた。

「なんでしょうね」

「ねえ」しばらく二人で耳を傾ける。放送しているのか、誰かが奏でているのか分からない。夕暮れの空をコウモリの群れが模様を描くように動いている。

「この門脇小学校の人は大体、助かったけど、明日取材にいく大川小学校の生徒はほぼ、全員が死にました」

「そうなんですね」

「ここは石巻の駅に近いし、テレビの追悼番組でもイベントでも、だいたい門脇ばかりが取材されるんです。日帰りで取材がすんで経費も浮くし、遺構もあの通り、絵になる感じだし、なによりも、ここは結果的に大勢が助かったから、希望も感じ取れて扱いやすくて、いわば『キャッチー』なんです、こっちはね」

「なるほど」

「ぜひ、明日の大川小学校をみてください」駅前で二人きりのときにだけそっと生じさせてみせたみなぎりを、男は再び発揮してみせた。

一瞬、ウケそうになって口をひきしめて、はい、と答える。「ぜひ○○ください」という真摯な物言いが、グルメ番組のシェフが「ぜひ、そのままでお召し上がりください」というのに似てしまっていたから。日が暮れて表情のみえなくなった男に漠然と、好感を抱いた。主義主張と別の、その不自由といっていい訴え方に。松原さんはどうしてカメラマンになったんですか。聞こうと思って、ためらう。

松原って名前であってるっけ。松下さんだったか。松山さんか。よく、人の名を間違えて失礼をしてしまうのだ。オカリナを遠く聞きながらまた皆で段をくだり、今度はバスで駅まで戻る。もうV3の像との撮影には暗くなってしまった。

平田さんは車でロータリーに滑り込んできてクラクションを軽快にプップー、ではなくて、重そうなスーツケースを引きずりながら歩いて近づいてきた。

十年ぶりの再会を祝しあう。亀谷さんと平田さんは慣れっこみたいなハグを交わした。

あのとき寡黙だった女の子が今、自然に笑顔をみせているだけで感慨深くなる。震災直後、肉親を失った子が気丈にふるまっているのだと、十年前の我々が理解していなかったわけではない。ないが、今、目の前の女性の表情――自然に、ときに笑みをたたえている――をみて、改めてそのときの気丈さを深く感じずにはいられない。

「で、早速ですが」平田さんはスーツケースの伸ばした持ち手を僕に預けて寄越した。

「重いですね。中身はなんですか」

「一番重いのはパソコンです」パソコン？

「といっても、最近のじゃなくて、古いパソコンです」

「ノートパソコンですか？」山本さんの問いに平田さんは首をふった。虚をつかれたのは一瞬で、僕もノートパソコンなんかではない、と早くも直感していた。

「もっと古いもので。カセットテープでプログラムを保存するんですよ」やはり。

「カセットテープ？」差し挟まれた亀谷さんの懐疑の声を、いきなり懐かしく感じる。フロッピーディスクが普及する前、古いパソコンは、音楽用のカセットテープにプログラムを保存した。

そのことを、皆が驚く。どうやって？　とかいう。

どうやってもなにも。ファクシミリが画像をどうやって送受信するかというと、電話線を使うんだからデータが音になっているわけで、音になるならそれは録音できる。という一連の説明を、かつて何度かしてみせた。

説明して、誰も、心からの納得顔をみせたことはない。

平田さんはお兄さんの傍で、動作する現場をみたことがあるんだろう。分かっている人の態度だった。

本当はいっしょにお茶でも、というつもりだったところ、もう日は暮れている。晩御飯の誘いを平田さんはさらりと断った。

「晩御飯、戻って作らないといけないんで」新婚の甘やかさを匂わせず、反対に苦労も感じさせない平坦な口調だった。

「なるほど。ご結婚されてるんですもんね」山本さんおなじみの軽い「なるほど」が出る。

「いつごろ入籍されたんですか」

「三日前です」

「ちょっと！」全員があわてる。たしかに、聞かれなければ自分から言うことではないが、新種の若さに触れたような気がして、皆、瞳孔が開いた感じになっている。

「明日も取材されるんですよね。今日はもう帰らないといけないですが、私もまた来て、取材に同行させてもらってもいいですか？　十年前みたいに」大人の側に生じている戸惑いや名残惜しさを汲んでくれたかのような提案までされる。

「ぜひ！」

「じゃあ、スーツケースは明日返してもらいますね」

そのまま駅前で別れ、大きさは同じだが重さの極端に異なるスーツケース二つを、変な運動をする気分で左右の手で転がした。ビジネスホテルの部屋に落ち着き、彼女の重たい方のスーツケースを開けてみると、見覚えのあるパソコンが目に飛び込んできた。

中学高校時代にパソコン雑誌やカタログを穴があくほど読み込んでいたから、みただけで分かった。松田聖子が宣伝に起用されていた、ソニーのＭＳＸパソコン、HB-101とHB-201、ビビッドな赤と黒の二台。先に感じた予感、スーツケースに入るサイズのパソコンってことは、キーボードと本体が一体になった物であるだろう、それはもしかしたら。津波に呑まれて亡くなった、お兄さんはさすがに僕よりも下の世代ではあろうが、いわゆる「同好の士」であったようだ。

知らない土地の狭いシングルルームで、僕は自分の遺品をみつめている錯覚を抱いた。

先の、武上さんとの日帰り旅で出会った引きこもりの男の姿にも、同様に、自分をみている感覚があった。三人に符合するワードはＭＳＸだ。あの男の部屋でも、膨大な書籍ケースの塔の中に、ＭＳＸパソコンの周辺機器が混ざっているのを僕は認めていた。

異なる二つの道行は、図らずも「自分探し」の旅だった？　でも世にいう自分探しって、こんな風な感じだろうか。

シーケンシャル

駅のロータリーで停留所をみつけ、今から僕が乗るのはいわゆるコミュニティバスだなと見当をつける。

あらかじめ渡君《わたり》から聞いていた「こまバス」という名称や、バス停のしつらえからも、うかがい知ることができた。駅のロータリーの多くが角丸の長方形だとしたら、コミュニティバスは必ずその短い辺に停留所をあてがわれている（という気がする）。

狛江駅のロータリーは台形に近く、バスの大きさで決まったわけではないかもしれないが、時刻表でみられる運行本数の少なさからも確信が持てた。北循環と南循環と路線は二つあるらしいが、どちらもコピーしたみたいに同じ時刻が記載してあるのは不思議だった。バス停は一本しか立っていないのに二台のバスが同時にやってきて一カ所に停まるなんてことがあるものなのか。

かまぼこ型の（というほどカマボコ状ではない）屋根の下に背もたれのないベンチがあって、おばあさんがすでに座っている。端に僕も腰を下ろすと、背後に首から万歩計をぶら下げたおじさんが立った。詰めれば三人座れそうだ。

腰を動かして端を空けるか、あるいは立って替わってあげるべきか。おじさんはよぼよぼしてみえないどころかとても闊達にみえるので、むしろ失礼かもしれない。

コミュニティバスはこの二十年ほどで、あちこちの都市に広まった。その多くは循環形式で、だから反対車線に帰りのバス停を探しても、ないことになる。

車体は通常のバスより小さい。大きさを例えるならハイエースくらいだが、ハイエースを想起することはない。そういう「プロっぽさ」ではない、『となりのトトロ』のネコバスのような、かわいさを醸している。

かわいいといえばかわいいが、うれしくはない。

不思議なことに、多くのコミュニティバスが例外なく、ダサい。フランチャイズ的に広まったのはその仕組みだけでなく、デザインまで「かっこよくしてはいけない」とマニュアル化されているかのようだ。

渋谷駅からＮＨＫに向かうものも、どこかの地方都市でみかけたものもゴテゴテとしたイラスト（その土地のゆるキャラなど）が配され、色合いも悪目立ちする感じだ。しゅっとしたとか、クールとか、景色に溶け込んでとか、そういう類の言葉で語られるコミュニティバスに出会ったことがない。自分の職業がデザイナーだから特に思うという次元でない、とにかくセンスの欠片《かけら》もないバスばかり。

自動車教習所の仮免許の人間が運転する車に似ている。あれは必ず周囲の注意をひくよう、派手にしなければならない（だから結果的にどれもダサいデザインになっている）と聞いたことがあるが、同様のなにか規定でもあるのだろうか。

時刻表を改めてみれば、次の到着までまだあと三十分あることが分かった。

まだ昼飯には早い。駅中のカフェで時間をつぶしてもいいのだが立ち上がる。軽くないトートバッグを肩に駅の反対口をぶらつき、書店を探すがなく、不動産屋の店先で、今から一人暮らしをする若者の気持ちで単身者向けの物件をみる。ほう。徒歩十分で六～七万円ってところか。

若者の気持ちで、などといっても、若者はもう、こんなところに立っていない。不動産屋の窓に貼り出された物件などみなくてもよい。今は全国あらゆる建物を「検索」して不動産の価値を調べることができる。

渡君はこの街に家を買った。中古のボロ家だよと謙遜していたが、大したもんだと思う。貼ってある戸建て住宅の販売価格の相場を確認しようとして、やめて店先を離れる。まだ開店していないケーキ屋、居酒屋を通り、道を折れるところまで歩いて書店はその先にもなさそうと見当をつけ、引き返す。

駅前に書店がないなら、その街には住まない。少し前までそんなことを思っていた。今の自分はどうだろう。あればいいな、くらいにしか思っていない。

渡君と僕は同じ中学に通っていた。田舎のマンモス校で、クラスは離れていたが同学年だった。大勢が地元で進学・就職した中、上京して今も東京にいる数少ない友人だ。上京後、三十歳になるころに一度会って連絡先を交換して、それから二十年。ネット上で息災を確認しあう程度の仲でいたのだったが先月の石巻への旅行を経て、不意にまたつながりが生じた。

生じたというのは正確ではない。不意に、渡君が僕の心に浮上した。

僕も渡君も、パソコンをやっていた同士だ。

パソコンをやる、というのは正確ではない、おかしな日本語であることは分かっている。だいたい、かつての僕なら一番、そのフレーズに反発を示しただろう。

パソコンで音楽を作る。会計作業をする、ゲームをする、動画編集をする。パソコンは「なにか」をやるものだ。手段であり、目的ではない。

だが、ただパソコンをやっている、という人たちがいた。

たとえばある時期の（ウィンドウズ登場以前の、と区切っていいだろう）マッキントッシュ（マック）をいじっていた者には首肯してもらえるだろう、高価なマックを保持する者が廉価なマックを所有する者に発揮する、あのマウント。

あぁ、ＬＣか。そのスペックでは、あれもできないし、これもできない、話にならないね……。マッキントッシュを販売していた当のアップル社側自体が、廉価な入門用のマックに対してLC（ローコスト）、クラシックと露骨な蔑称を機種名に冠して売っていた（廉価でも、プリンタなど併せて三十万円くらいはしたのに）。今日のさまざまな商売のブランディング、ネーミングでは到底考えられない選民（？）思想だ。

とにかく高価なマックをいじっていたインテリや「ヤンエグ」たちは、それで「なにか」していたわけではない。プロの作曲家やアーティストは別として、大勢がただマックを「やって」いた。

後年、古レコード屋の手伝いをするようになって出会った、幾人かのオーディオマニアたちにも似たものを感じた。音楽が好きなのではなく（いや、もちろん音楽が好きなのだが）彼らはオーディオという機器（というか世界）が好きなのであり、針や電源、ケーブルから果ては居室までをとっかえひっかえして悦にいっている。その様態は、音楽を聴くというよりやはりオーディオを「やっている」としか言いようがない。

門外漢のオーディオはともかくパソコンについては、そういうの本当にダサいと、若い僕は憤っていた。道具は道具だ。使わないと！

大学を卒業するころに僕は最底辺のマック（カラークラシック）を買って、パソコン通信で人と出会い、独学でDTPを覚え、ミニコミ誌を作り、デザインの世界に入り込んだ。恰好だけでない、ちゃんとマックを活用して、持ち腐れさせなかったぞ、という自負がある。

だけれども。そんな僕も、最初にマックを買った際の、他のでなくそれをという理由を突き詰めると、「なにをしたい」という明確な目的はなかった。あるにはあったが、もっと安いパソコンでできることだったのに、あえてマックを欲しかったのは、漠然とした憧れでしかない。

なにをするため、ではなくて、マックを持ちたかった。持ちたいといっても、ただ持って電源を入れずに飾りたいわけはなかったから、つまりは僕も、マックを「やり」たかったのだ。パソコン雑誌で（凡百のパソコン群とは一線を画す）「かっこいい」「素敵な」こととして紹介されていた、様々なことごと。

キーボードで「D」「E」「L」「スペース」「ファイル名」「ENTER」などと入力するのでない、画面上のゴミ箱型の「アイコン」にマウスでファイルを移動させて削除するという、スマートで直感的なOS。

トヨタカローラみたいな（皆が持ってるのと同じような）平凡さじゃない、ミニクーパーやフィアットを彷彿とさせる、洋風で自由人的なデザイン。

WYSIWYG（What You See Is What You Get＝画面で見たそのままのものを得られる、例えば印刷できる）という「考え方」。そのアルファベットの略し方まで、どこか呪文めいたものとして僕を魅了した。

羽の生えたポップアップトースターが画面を飛び回る、ナンセンスでシュールな「スクリーンセーバー」。

そういうオシャレさ、スマートさを「やり」たかった。

そして、そのマックが（背伸びをすれば、侮蔑的な名称の廉価版をやっとでも）庶民の手に届く値段になるよりさらに以前の一九八〇年代から、あるときのある男子たちは、ただ「パソコンをやって」いた。

女子もいたのではという訂正があるかもしれないが断言してもいい、そのほとんどは男子だった。僕はその一人である。

パソコンオタク（ないしはパソコンマニア）だった、とも言える。

少し前まで他者にはその呼称でみなされたし、その言い方を自分でも自嘲気味に選んだかもしれない。でも気付いたら今、パソコンオタクという呼称では、あの不思議な我々の様態を表すのに不完全だという気持ちがある。

今のパソコンは、動画編集、音楽作成など、明確な目的を持つ者だけが所持する。そもそもパソコンの機能は今やほぼ、スマートフォンに搭載されている。スマホの能力では足りない、さらに高度ななにかの実現のために、あえてパソコンを持つ。ハサミやエアコンくらいに明確な道具として、だ。若者たちはたしかに今、パソコンを「使って」いる。

使うのでなく、パソコンを「やっていた」のは、自分たちの世代だけに限られる。渡君もその一人である。

先月「やっていた」人、二名と僕は邂逅している。一人は林の中のプレハブ小屋で短時間、ほぼ一方的にみただけで、もう一人はあらかじめ死んでおり、遺品を受け取っただけ。

今日こそ、彼らの代わりの実体に会う。

バス停に戻って、入れ替わりで腰かけていた万歩計のおじさんの傍に立った。もう十一月も半ばなのにおじさんは半袖Tシャツに半ズボン。薄着が心配になる。親子連れ三人が後から僕の右に並んだ。

ロータリーでバスを待つとき、視界に入るものもまたバスだ。

自分の乗らないバスや、それに乗り降りする人々の気配は、そのときの自分よりも必ず活気に満ちたものに感じられる。今回こっちはコミュニティバスだからか、余計にだ。

先月、古レコード屋の武上さんの手伝いをしたときに降り立った武蔵五日市駅のロータリーはもっと閑散としてのどかだった。その翌週に降り立った石巻の駅前は、ここよりもずっと広かった。

短期間になぜだかロータリーづいている。狛江駅には初めて降り立った。こぢんまりとしているが、右手の駅ビルには家電量販店の看板も掲げてあり、人の行き来もあって、それなりの規模を感じ取ることができる。

いつの間にかそのロータリーを回ってきたらしい、目の前で停車した二台のこまバスも、大きな金魚の水彩画と、もう一台は青地に筆文字が異様な――それゆえに正しくコミュニティバスであると認識できる――デザインだった。相田みつをのようというか、居酒屋のトイレでみるような筆文字の言葉が記されている。二台が同じ時刻に到着して縦列になっても、なんら問題のない小ささだった。空気の漏れる音とともに二台の扉が開いて、どちらからも誰もおりてこない。

たしか南循環だったはず。ということは居酒屋風の方だ。念のため、もう一度バス停の表記を確認する。

親子連れは金魚に、最初から待った二人は居酒屋の前に並び直す。バスやタクシーのデザインを、乗る者は選べない。でも、ダサいなあ、いやだなあというように、眉間にしわを寄せている人はいない。ともに乗り込む二人からも、そんな抗議の念を少しも感じ取れない。

自分一人で嫌さを表明してもおとなげないし、そもそも抗議したいほどの嫌さでもない（なぜ、どのコミュニティバスも一様に、と「遺憾」なだけだ）。三人、従順に乗り込んだ。

縮尺が小さいからといって座席もミニチュアサイズということはもちろんなかった。

座れるサイズで、その分、席数は少なく間引かれている。左右に一列ずつ、左は乗・降車のためのドアがあるので二席、右は五席。後部が一段あがって、詰めれば四人座れそうな横長のシートだった。

『こち亀』の両さんが、人ひとり乗れるほど巨大な戦車のプラモデルを入手して喜んだのち、つかのま疑念を抱く場面がある。もしこれが既存のプラモデルの金型を単純に拡大して作成されたとしたら、電池ボックスも巨大になってしまって、市販の電池が入らないことになる……と。

実際には単三電池を百本ほど入れる（ちゃんと現実に駆動できる）仕様になっており、あきれながら安堵していたが、そういう空想の中の「安堵」を小さなバスの小さくない座席に想起する。

座席の少ない小型バスに三人それぞれ、おばあさんが左、おじさんが右、僕が後ろと散って納まるが、まだまだ発車の気配はない。

アイドリングオフをせずエンジンを空ぶかししているのが意外だ。がらんとしたままかと思っていたら発車までに次々と新客が乗り込んできた。

網棚がないので鞄を足元の膝の手前に入れる。妻から借りた、チャーリー・ブラウンがため息をついた柄の、大きめの帆布のトートバッグだ。

昔のパソコン一式の入ったバッグはけっこう重く、ここまでの電車移動でもなるべく肩から降ろし網棚や床に置いて運んできた。さっきもバス停の小さなベンチの端に躊躇なく座ったのは、腰に蓄積される疲弊を思ってのこと。もう、自分を労《いたわ》らないといけない年齢だ。

［こまバス乗りました］と渡君にメッセージを送信しておく。

スマートフォンの画面の中、自らが放ったフキダシの下で三点リーダ「…」が表示される。

「…」の三つの点はわずかに波うっている。この点の動きは今まさに渡君が返信を入力中、ということであるらしい。

この三点リーダの点滅について、これはこういう意味で点滅しているのです、などという公式の説明を聞いたことはない。スマートフォンの画面内でそれを初めてみたとき、きっとそうだろうと僕が瞬時に「みなした」。

画面を見守るも「…」の表示は波打ちつづけた。渡君、なにをそんなに逡巡してるんだ。呻吟《しんぎん》という大仰な熟語が浮かぶ。書きかけていて書き終えていない。書きかけてやっぱり消した。そういうことが「…」の表示で（先方に）可視化される。

そのことをどこか、目覚ましいことに思う。インターネットという仕組みを用いてテキストや画像を送りあうことを、ずっと前から我々はやっている。メールであれブログであれSNSであれTikTokであれ、ほぼ、そのことしかやってない、とさえいえる。

だけど、メッセージが明瞭に言語化される前の「えーと」「うーんと」というためらいの瞬間は「視覚化」されたことがなかった。

インスタグラムやツイッターなど各種SNSに、こういうフキダシでのDM機能が搭載されているが、ためらいがみえるものと特にないものとあって、前者を目撃するときにだけ少しの興奮を抱く。

往年の（といっていいだろう）Ｅメールには、もちろんそれはない。ＬＩＮＥなどのメッセージアプリや、ＳＮＳのＤＭ機能で足りる（し、そのほうが簡便な）ので、Ｅメールアドレスをほとんど使わなくなったという知人は多い。「フェイスブックは廃《すた》れてもメッセンジャーとして生き残るでしょう」とＩＴに聡《さと》い年下の友人は予言していた（中年には、年少者の予言や断言はすべてあらたかなものに思えてしまう）。

もっとも、大きなデータのやり取りにはＳＮＳは向かない。デザイナーという仕事柄、やり取りはまだまだＥメールが多いものの、それだってクラウドにデータを放り込んでアドレスを伝えるやり方になってきている。

渡君とは二十年前の再会時に携帯電話の番号を交換している。今、僕のスマートフォンにその番号は入っていない。なにか嫌なやり取りがあって番号を消したわけではない。いつか携帯電話を紛失して、その次の連絡帳に持ち越されなかった。是が非でも連絡を取らないといけない関係でもなかった、ということだ。

それでずっと没交渉だったのだが「相互フォロー」していただけのフェイスブックのメッセンジャー機能で、あれよあれよと会うことになった。

先月、出向いた石巻で、若くして死んだ友人の古いパソコンを遺族から託された。パソコンは二台もあった。

それで渡君が中学時代に僕と同じパソコン部にいたと思いついたのだ。部にもいたし、家には同じMSXパソコンを保有する同士でもあった。

フェイスブックをみると、ちょうど渡君が彼の息子と「昔の」ファミコンゲームに興じている様子が出てきたのも「ちょうどいい」と思えるきっかけだった。すぐにDMを送った。

［久しぶり。いきなりでアレだが、状態のいいMSXパソコンを二台も手に入れたんだけど、一台いる？］旬のカツオを一本釣りしたんだけど、どう、さばく？　みたいな軽薄な調子で。

返事は［子供が面白がるかも］［まずはみてみたい］だった（二つのメッセージの間にはやはり「…」の逡巡があったと思う）。

みたからどうなる、というほどのものではない。つまり、特別な希少価値があるわけではない、ネットのオークションでジャンク品なら数千円で流通している品ではある。

遺品を託されたとき、人はどうしたらいいんだろう。

それが使えるならば「使えば」いい。ライターなら煙草に火をつければいいし、万年筆なら大事に手入れしながら手紙を書くのに使えばいい。しかし、大昔のパソコンなんてものを「どう」したらいいんだ。

ライターや万年筆のように「使ってた」のでない、やはり「やってた」ものだ。今それを「やる」ことについて、気持ちが立ち行かない。

石巻のホテルでスーツケースに納まっていたパソコンは——ほぼ同じデザインでメインメモリのサイズだけが異なるソニー製HB-101とHB-201、二台が並んでいたのだが——その保存状態のよさもあいまって、なめらかなプラスチックの光沢や、八〇年代ソニー製品に特有の曲線の造形美、機能美にみとれてしまい、懐かしさと高揚を否応なく感じたことはたしかだ。

小学六年生のときに僕が何もわからず、ラオックスの店員に勧められるままに買った東芝のＭＳＸパソコン（HX-10S）よりも圧倒的に「いい」デザインであり、パソコン雑誌の広告欄にみかける度うらやましかった垂涎《すいぜん》の機種だ。

そのように憧れていたからといって、今入手できたところでそれで別に、なにをするでもない、という見通しもすでに最初からあった。

タイヤのない鞄でこうしてここまで持ち運んでみて、異物感はさらに増した。一台減らして、でもゲームソフトやデータレコーダーも併せて持ってきたので、あわせて数キロはある。

せめて、渡君のご子息が往時のパソコンのゲームや駆動それ自体をパフォーマンスとして楽しんでくれるといいのだが。

【了解】と渡君からDMの返信が届いた。わずかに二文字の簡潔さに、さっきの三点リーダの逡巡はなんだったんだとつい思う。

前の再会時、お互いに独身だった。渡君は当時は映画配給会社に勤めていて、もうすぐ結婚するという彼女を紹介された。僕は武上さんの古レコード店を手伝いつつ、友人のショップに置くフライヤーや冊子のデザインを編集込みで請け負ったりして、なんとかフリーで稼ぎ始めていたころだ。

「発車しまーす」脳内の回想を遮るようにアナウンスの声が響き、空気音とともにドアが閉まる。小型バスでも、ドアの開閉音は小さくないし、運転手の声音も通常のバス運転手によくある渋さをたたえていた。気付けば少ない座席はすべて埋まっている。同じ時刻で発車した二台のバスは連なりながらロータリーを抜け、違う路線のはずだがしばらくは縦列に走った。

渡君の指定したバス停の名はたしか野川緑地公園だった。そういえば、普通は人の家を訪問するならおみやげを持って出向くものだ、と今更気付き、うろたえる。

それをなんだ。パソコンとゲームなんか持って。子供か。

そもそも中年の男性同士、久々に会う時に「どちらかの家で会う」ことは、そういえばない。

ふつうは、二人どこかで落ち合って、居酒屋で飲んだり飯を食うものだ。二十年前だってそうだった。どちらかの家に行くなんて、まさに子供、高校生みたいだ。

「渡くん家《ち》」に、中学高校時代に行ったことは一度だけ。そこで『魔城伝説』（というゲーム）を借りた。パソコン雑誌にほとんど情報が載らないまま突然発売されたノーマークのゲームなのに、それが傑作だったことで、渡君に一目置く気持ちが生じたものだ。『イー・アル・カンフー』は奥本君から借りたまま、ついに返す機会がなかった。『妖怪屋敷』や『ハイドライド3』その他たくさんをマッツンから。そういう風に、人と貸し借りしたゲーム名は人名と紐づいて今も記憶されている。

そういった同好の者ら数名で、放課後の中学のパソコン部の部室と、橋本君（パソコンでなく、メジャーなファミコンを持っていた）の家と、もっぱら二か所でダベっていた。

「次、停まります」の女性の音声のあと、渋い声音の運転手のマイクを通した「停まります」の声が続く。コミュニティバスはバス停の間隔が近い。すぐに停まって、また走る。直進していても左右の揺れが激しい。スマートフォンに目を落とし続けていると酔いそうだ。しばらくバスの乗客をまっとうすることにする。

初めての町の初めて乗るバスには――いい年をした中年になってなお――微量の緊張がある。路線を間違えてしまってはまずい。まずさがもたらす失敗が地理的に大仰なものになる。

一方でたまに乗るバスには、緊張と逆の気分――かすかにだが優越のような――も抱く。

タクシーや自家用車（を保持し続けること）と比べても安価な、庶民的な移動手段なのに、裏腹にどこか贅沢に近い気持ちなのはたぶん、常より高い視座を得るからだ。たまにしか乗らないからそう感じるのでない。二十代のある時期、バス通勤を続けていた際、毎朝毎晩みる車窓を眺めていて、それで気づいていた。

電車も高い視座を得るが、それで電車だけの道（レール）を走る。その景色は、変な言い方だが電車しかみない。それに対しバスは他の車に混じって走る。人間も脇の歩道を行く。「皆」と同じ場所を走り、同じ景色をみている。その中で、バスだけが高い。

大きなタイヤの分、段を二つくらい踏んで、バスの乗客は必ず地面から浮上する。座席に座ったそこにある「車窓」は必ず高い位置にある。隣を走る車の屋根までみえ、道行く人よりもいわば「頭が高い」。

低くても飛べるんじゃ。優越といっても、なにかの漫画で読んだ二メートルしか浮遊できない仙人みたいな気分を味わっているのでもある。

とにかく、ただの駅前、商店街、ビル街、住宅地から畑、森と移っていく景色が平板なものでも、それが少し高いことによるなにがしかの作用はあるはずだ。小さなコミュニティバスにも、意外なことにその「高さ」は感じ取ることができた。

三つ目の「テニスコート前」で乗り込んだおばあさんが、後部まで歩いてきた。横長の座席は詰めればあと二人はいける。どうぞ、という風に手で真ん中を示すと、「どうも」

と声に出し、会釈をしながら席に納まる。小柄なおばあさんがしっかりと座席に納まるのを待って、バスは再び動き出した。

「あら」おばあさんは足元を指さして「パソコンですか、それは」といった。ぎくり、という擬音が浮かぶ。

「あ、はい」トートバッグは口が大きく開いており、赤い本体とキーボードがみえたのだ。なんだか汗が出る。

「今はあれですよね。小学校でも授業でパソコンを使うそうですね」

「そうらしいですよね、はい」まあ、これは絶対に授業では使わないやつだけども。ローカルバスで、地元の人と思わず話が弾む、そんな「いい」交流が不意に始まったことに軽く戸惑い、おばあさんの話題がまさか「それ」であることには大きく戸惑う。

「孫がパソコンを欲しがっていて。でも、どんなのを買ってあげたらいいかもわからなくて」

「あぁ、それはいいお孫さんですね」ただのお世辞にしか聞こえないだろうフレーズが口をついたが、心底から出た言葉だった。スマホでは事足りない、具体的にやりたいことのある若者ということだ。

「まあ、そうですか」なぜ褒められたか、よくわかっていないようだ。

説明をしながら一方で僕は警戒していた。そのパソコンはどこで買ったんですかと言われたらどうしよう。

おばあさんが悩む必要はないと思いますよ。ていうか、少なくともこれは絶対にオススメしませんよ！　ある教育現場で配付されたノートPCにメモリが4ギガしか搭載してなかったというニュースに非難の声があがって（炎上しかかって）いたけど、このパソコンのメモリは16キロバイトですからね。

「まあ、16キロバイト」と、おばあさんは言わなかった。

「ええ、16キロバイトです」と僕も言わない。

ギガとキロとの間の差。そこには木星と月くらいの、遠大なスケールの違いがある。平日の午前の循環バスの後部座席で、初対面の二人、それもおばあさんとおじさん二人でしみじみ共有しあう空想をする。昔のパソコンと今のスマホと、違うようでちっとも「変わらない苦労、格差」がありますなぁ。昔は16キロでやりくりして。それが今はメガどころかギガで。ねえ。いやはや。本当に。

おばあさんが割とすぐに降りて、なんだかほっとする。昭和のソニー製デザインに、帆布のトートバッグが変な効果を上げてしまったか。

入れ替わりで数名、うち一人杖をついた女が乗車してきた。腰を浮かしかけたが、入り口すぐの女が降車して入れ替わる。少し前のバス停に「和泉多摩川」とあったが、川は少しもみえない。民家のブロック塀と電柱。どこまでも住宅街だ。

［本数も少ないし、歩いてもいいかも］とあらかじめ渡君には言われていたし、そんな気はしていた。僕がもう少し若かったら、あるいは古いパソコンを持っていなかったら、せっせと歩いたかもしれない。

高校時代、友達に借りたパソコンで鞄――帆布だがトートではない、学校指定の肩掛け鞄――を膨らませて、歩いて帰宅したことがある。

自分がその時使っていたのより高性能の、パナソニックのＭＳＸ２＋《プラス》規格のものだった（型番は忘れた）。小学生のころに買い求めた東芝のやつはとっくに別の友人に譲っており、ＭＳＸ２規格のソニーのパソコン（HB-F900）に僕は乗り換えていた。

ＭＳＸ２よりもさらに優れたＭＳＸ２＋の性能を生かしたゲームを遊んでみたかったわけだ（パソコンを「やる」という体感は、そのようにハードの進化に応接して機器を乗り換えていく継続的な営みによっても生じている。そのための出資は無論、非効率的であり大きくもある。世の同世代が同時期に投じたであろうなにかのジャンル――オシャレとか人付き合いとか――への投資を削って充てられたのは明らかだ）。

真冬の夕暮れだった。帰宅途中、空地のドラム缶に勝手に火を焚いて暖をとる不良たちに声をかけられた。

一体あれはどういうからくり（？）だったのだろう、普段特に密に交流することのない不良たち――僕のほうでは誰一人その名を覚えなかったのに――彼らは一様に「よう、ヤマダぁ」と僕の名字をちゃんと知っていて、呼びかけてきた。なんで彼らは僕の名前を知っているんだ？　特にカツアゲされたり陰湿な暴力を振るわれたりすることは幸いなかったが、得体の知れなさを一方的に感じ続けたものだ。

このときも不良には絡まれたわけではない、ただ与太話を持ち掛けられただけだったのに、僕は肝を冷やした。

鞄の中にパソコンがあるなんて、みつかったら驚き喜び、ただの話の肴《さかな》として気まぐれに取りあげられてしまうんじゃないか。取りあげるに決まっている！　自分の鞄の蓋の隙間から電源コードが飛び出ていることに気づき、あわてて目を（そこから）そらした。殺人犯が刑事の背後の地面に凶器の先端が飛び出ているのをみた、くらいの戦慄があった。

渡君の家はあの空地の近くだった気がする。今、車窓から周囲をみていても、彼のその家はもちろんみえないし、ドラム缶の空地もない。古そうなスーパーの角を曲がり、裏に不意に鳥居がみえて、またすぐに狭い住宅街を進む。新規に建てられる一軒家の基礎のコンクリートが、午前の陽光に照らされて眩しく目を打った。

渡君と中学は一緒で、高校からは別になった。それで彼はバス通学になったから、この視座を早々に得た。田舎町の車窓からの景色を、彼はどんなふうにみていただろう。彼は「2」「2＋」とパソコンを買い替えたりしなかったと言っていた。

それにしても「肩掛け鞄にパソコンを入れて下校」という言葉の連なりは、今思い出すに我ながら不思議だ（トートバッグにパソコンだって、なにかがねじれて思えるし、実際におばあさんと妙な会話を生んだばかりだが）。

七〇年代の若者も、九〇年代の若者もそんな下校はしていないだろう。

自分（ら）だけが「やった」ことだ。九〇年代の終わりから割と軽量のノートパソコンが出て「そう」した人はいるかもしれない。今はどうか。

スマートフォンでは足りない高度な創作的作業のため、鞄にノートパソコンを忍ばせて歩く高校生なんて、想像しただけで眩しい。かつての僕とちがって毅然と歩を進めることだろう。自分の数十年前の下校が「今」の若者の下校に接続したような、ぜんぜん違うような、変な気持ちになる。うんといいのを買って差し上げなさいよ、もう降りてしまったおばあさんに、今更だが強く思う。

家庭用のテレビにつないで用いる、独特な形と大きさの、このMSXパソコンのようなパソコンを、他のどの時代にもみない。七〇年代のパソコン雑誌に写っているコンピュータはモニターと本体とキーボードがセットになったものだし、九〇年代以後に爆発的に普及したマッキントッシュやウィンドウズパソコンは大きな箱状にキーボードとマウスを付随させていたか、液晶画面の蓋を持つノートパソコンだった。

MSXパソコンは、キーボードと本体が一体化していて、モニターは持たない。キーボードに「奥」があり「厚み」がある、そういう「物」だ（奥と厚みに電源や、コンピュータの基盤が入っている）。モニターは家庭用テレビにケーブルで接続することで代用したし、マウスは別売りだったたし、ほとんど使わなかった。

そのような安価な一体型のパソコンが自分の家庭にあったのみならず、世界中で一斉に作られてそれなりに普及していたことは、これは大人になって知る。

お茶の間にパソコンがある、ということの不思議さも思う。家庭用の普通のテレビをモニター代わりにしたということは、家庭の、それはだいたい居間に置かれたわけだ。

ＭＳＸパソコンと同年に発売された任天堂の「ファミコン」も、別売りの機器（ファミリーベーシック）を買い足すことでパソコンとして用いることができたし、それをコマーシャルでも率先して売りにした。セガが販売したテレビゲーム機も同様の措置が取られていた。

お茶の間に、パソコンが爆発的に普及するかもしれない。大きな企業の誰彼がそう思った。

だからこそ、テレビゲーム機を作る会社も、いつでも「いえいえ、これは実はパソコンですよ」といえるよう、そこに片足を置いた。

これからはパソコンの時代だぞ、という予感は液体化し、膜につつまれて世界を覆った。それで、いろんな企業がいろんなコンセプトのパソコン（や半分パソコン）をリリースした。

その予感は、ある意味で本当だった。

九〇年代半ばから実際に普及し始めたが、さらに形を変え、スマートフォンという形で全世界の人々の掌に納まった（お茶の間にではなく、だ）。

普及したが、それはかつて予感したそのときの「それ」ではなかった。「それ」はパソコンを「やる」わずかな男たちのためだけのものになった。

僕自身は高校時代には自室にパソコンデスクを買い求めることを親に許され、15インチのアナログRGB入力端子のついたテレビで「いかにも颯爽と本格的なパソコンに向かっている（天才）少年」の体で操作していたが、多くの家庭でそれらのパソコンは炬燵や座卓に置かれていたのではないか。

そのお茶の間の気配を持ち越して今も、こうしてちんまりしたバスに揺られて「渡くん家《ち》」に向かっている。教わったバス停の名前は前方のモニターにまだ表示されない。これまたコミュニティバスの特徴だろう、普通サイズのバスなら通れるわけのないような細道をバスは縫うように進んでいる。ブロック塀や垣根や庭木の枝がとても近い。

[南循環に乗った?] 赤信号でスマートフォンをみると、いつの間にか渡君から「フキダシ」がついている。逡巡した割にメッセージは短い、とまた思ってしまう。逡巡の時間は文章量を表しているわけはないのだが。

[南循環だよ] たしか、南循環で、と言われていたはず。おばあさんとの不意打ちの交流

の合間に乗り過ごしてしまっていたか？

「…」が表示され、三個の点が波打つように動いたのち、「間違えた！」「北の循環だったわ」と続いたので、返信をしかけて僕は本当に逡巡した。

向こうの「…」もまたもや波打ちをみせ続けている。

「俺もめったにそのバス乗らないもんだから、ごめん」と来たもんだ。

「参ったな」口から洩れた。

普通のバスだったら、降りて逆方向に乗るという手段がある。

循環バスでそれは叶わない。歩いて引き返すか、このまま最後まで乗り続けるかだ。

まあいいか。最後部からバスを眺め渡して、心を決める。「このまま最後まで乗って、乗り換えます」と送信する。勘でしかないが、これから一時間も走り続けずに循環しきるんじゃないか。

先月、新幹線で放った言葉が唐突に脳をよぎった。

「シーケンシャルアクセス」と入力しかけて、渡君に送信するのをやめて消した。

昔のパソコンは、音楽用のカセットテープにプログラムを保存した。石巻でパソコンを受け取ったときに出た話題だ。同行した友人の亀谷さんは懐疑的な声音を上げて、僕はそれを懐かしい、おなじみの反応として受け止めた。

帰りの新幹線で『黄金の墓』と記されたカセットテープの現物をみせ、この中にゲーム

のプログラムが入っているのだ、とみせてあげると
「本当だ」亀谷さんはけげんな顔でそれを受け取った。

ファクシミリが画像を送信できるのは、データを音にしているからだ。電話は音を送受信する機械なのだから。それで、データが音になるのなら、録音できるのも道理だ。

「音を記録する装置としてはすでに世界的に普及していたから、カセットテープでパソコンのデータを保存するのが一番、合理的で安価だったんだよ」

「なるほど。でも、じゃあなんでカセットテープを使わなくなったんですか」

「フロッピーディスクや、ファミコンのカセットみたいな手段がより便利で安価になっていったから」

「便利ってどういう風にですか?」亀谷さんは付き合いがいい人で「親切」と思う。

「カセットテープはランダムアクセスじゃなかったから」ランダムアクセス、シーケンシャルアクセスという用語も、パソコン雑誌で覚えた。

三つのプログラムを収録したテープの、三つ目のプログラムを読み込みたいとき、「そこ」までたどり着くためには、必ず一つ目と二つ目を通らなければならない。その場所まで「早送り」するにしても、そこまでを通る道程は「ない」ことにはならない。

フロッピーディスクは円盤状の記録装置に対して読み取る針が動くので、順番をすっとばせる。円盤のどこにデータが記載されても、順序関係なしに即時的にアクセスできる。

それでカセットテープで保存する手段は廃れていった。

今、自分がバスというシーケンシャルな、必ず順番を辿る、引き返せない移動をしていることに、目覚ましく示唆的ななにかを感じ取る。

カセットテープのゲームは、読み込みに時間がかかるものだった。読み込み始めると、ファクシミリと同じ「ピーガー」という音が響く。プログラムによっては数分間も。さあ、ゲームを遊ぼうと、お茶を淹れてスナックを片手に戻ってきてもまだ終わってない。時間がかかることが「廃れた」本当の原因だ。どういう手続きだからということではない。ないのだが、個別のそのやり方について、むやみに覚えておきたいというか——わざわざ興味の薄い亀谷さんにも——知らせたい、という欲があのとき生じて、僕は熱弁をした。

カセットテープのプログラム保存は廃れ、バスは今もこうしてある。

カセットテープ用のデータレコーダーを抱えながら自分自身が路線を運ばれている。間違った(降りようのない)路線であることで、その特性を余計に痛感させられながら。自分にしか生じえない稀有な痛感を、内心で愉快なものとして味わう。

若い亀谷さんは音声でプログラムを保存することを知らず、目を丸くしてくれたが、もっと若い渡君の息子はそうならないだろうな。

音楽のカセットテープ文化を知っていないと、そもそも驚くことができないのだ。

そのこともまるで「仕組み」のようだ。

驚けた亀谷さんは『黄金の墓』のカセットテープをその場で撮影していた。たしかSNSにもあげていたはず。彼女のSNSを起動してみる。

亀谷さんの手がけた新作読み切り漫画の告知、友人の漫画家の単行本の宣伝、近所の秋祭りの様子などの写真が正方形で並ぶのを指でさかのぼると、黒白のゼブラ柄の禍々しい模様のシールがジャケットとして貼られたカセットテープの画像が出てきた。

その前には、皆で取材した石巻の大川小学校の遺構——津波で大勢が亡くなった、円形校舎の残骸の画像がある。遺構の画像数枚の次には前夜の飲み会で笑う僕とカメラマンさんの赤い顔。その前には共通の友人の妹との駅前での笑顔のショット。石巻市街のサイボーグ009の像。そしてまた別の校舎の遺構。海岸の長い扇形の慰霊碑。石ノ森キャラの描かれた電車。先月の懐かしい旅行が逆回しで表示されていく。これもシーケンシャルだと思う。SNSの上に、ひいては知らないどこかの巨大なサーバーの中に、亀谷さんのインプレッションはその「順」に「並ぶ」。

あるバス停で大勢が降り、少しあとのバス停で大勢が乗った。循環の真ん中過ぎに来たということかもしれない。そう分かることも仕組みに思えて、愉快さが満ち続ける。

さっき、参ったななどと小声に出したものの、路線間違いに対して、それほどのショックもない。

だって、自分のミスではなかった。

その事実に、安堵に似た気持ちさえわく。今回は切符を忘れて東京駅までのこのこ出向いた大馬鹿野郎ではない。すまんすまんと頭を下げられる側だ。

亀谷さんのページに続けて渡君のSNSページを見直した。

少し前から［昔取った杵柄《きねづか》］のコメント付きで、昔のファミコンで子供と遊んでいる動画をあげていたが、シリーズが今も引き続いているようで、昨日も野球ゲームで対戦している。

これがあいつの息子さんか。動画はすぐに静止したので「もう一度再生」を選び、渡君の子供をみる。

中学生？ 高校生？ 尋ねたら（あまり逡巡なく）［中学生（不登校）］と返事をもらったばかりだ。

［そうなんだ］さすがにこっちは逡巡しながら、そう返信した。

誰彼の家の子供が不登校と聞いて「そう」と頷くのに、いつの間にか慣れた。よく聞くようになったし、今はさほど深刻なことでもないのらしい。

いや、深刻なことでなくないのだろうが、子供が登校を嫌がりだして即、絶望的な顔色の親はいなくなった。それくらい、よくあることになった。

「引きこもり」が世に増え過ぎて一般化したことで、一族の恥みたいに捉える感覚が減じたからだろうか。あるいは、学校に通わないでも挫折感をさほど覚えずに実社会に出ていける「プランＢ」あるいは「リスクヘッジ」みたいなルートや手段が充実してきたからだろうか。

どちらの感覚も（引きこもり増えすぎも、挫折感を覚えなくてよさそうも）、肌合いとしては分かる。

動画の中の子供は中学生と言っていたが、父親である渡君と笑顔でじゃれている。元気そうだし、あどけなさもうかがい知れる。

「８０５０問題」で語られるところの、年季の入った「オールド引きこもり」と、今の「ヤング引きこもり」と、まるで異なる生き物のようだ。カセットテープを知っていると深刻な引きこもりで、知らないと呑気、なんてことはまあ、ないだろうが。そうではないがなにかで線引きはできそうだ。

引きこもるに至る気持ちの道程は、同じようなものかもしれない。

パソコンオタクと呼ばれていた者の在り様もそうだ。

自分の分岐はなんだったろう。

ＭＳＸパソコンの性能では飽き足らず、高価なマッキントッシュに憧れ、大学生の終わりころに背伸びして購入した、そのことは自分の人生の転機だったかもしれない。

マック専用の、こっそり違法コピーしてもらった組版ソフトをいじり倒していた経験で、若いデザイン事務所の末席に着くことができた。マックではなく、あのころのパソコンの主流であるＮＥＣのPC-9801を選んでいたら、引きこもりまではいかなくとも、不潔な部屋で美少女ゲームを買い込んで暮らす中年だったかもしれない。

　買い替え続けるパソコンの選択が実人生の分岐になりうるなんて、パソコンを「やらない」人には分からない感じ方かもしれない。エアコンを三菱じゃなく日立にしたからとか、家を建てるのをあっちじゃなくこっちの工務店にしたからとか、そこに善し悪しがあったとしても、分岐ではないはずだ。

　パソコンは「どの土地に住む」のに近い、影響の大きな選択だった。

　渡君自身は不登校になる「側」の人間ではなかった（当時は「不登校」という熟語はなく「登校拒否」と呼んでいたが）。パソコンを「やって」いたが、同時に運動もできたし頭もよかったし楽器さえできたから、むしろ人気者グループに属していたはずだ。はずだ、というのは、僕と彼とは１組と８組、遠く隔たったクラスにいたので、校内で出くわすことがほぼなかった。体育の合同授業だって「隣の」組とだった。一学年に９クラスあると、校舎の廊下は長く遠くなり、多くの学友と物理的に出会えない。

　それでも文化祭やなにかの折にみかける渡君はボンタンを穿いた不良たちに混じって笑顔だった。いや、そういう光景をもって、彼のポジションを推し量ったのだったか、普段自分らと接する様子をみるだけで、彼が人気者側だと勝手に悟っていたのだろうか。さすがに三十年以上前の学生時代のことだ、思い出せない。

放課後の部室という——それもパソコンという内向的な趣味の——閉鎖的な場での集いで「クラスで人気者」かどうか推し量るのは無理なことだ。

今、学校でプログラミングを学ぶのは当たり前のことらしいし、校内にも（学生のための）パソコンが常備されているものだろう。

八〇年代には、珍しいことだった。

クラスの離れた8組と1組で仲良くなったのも、部活のおかげもあったが、パソコンというものの特性だったといえる。

これがファミコンなら、クラスの誰彼と気軽にゲームソフトの貸し借りができた。パソコンは普及台数がファミコンの十分の一だから、単純に、同好の士がみつからない。皆が大好きな「ゲーム」は一つ一つが何千円もしたから、貸し借りするために遠くのクラスどころか、なんなら別の中学の者ともつながりを持った。そういう仕組みというか「生態」になった。

社会人になって一度、再会した渡君の口からはパソコンの話なんか出なかった。僕とは異なる高校に進学して、彼のいじるのはギターになった。軽音楽部でバンドを組んで、田舎に一軒しかないライブハウスで佐野元春からレッド・ツェッペリンまでコピーしたと言っていた。「ネアカ」だし、少なくとも「やる」のでない、ちゃんと楽器を「使う」青春だったのだ。工業高校に進んだマッツンはエンジニアになったし、奥本君は自衛隊に入って子供が三人いるけど同時にばりばりのゲームオタクだと、そのとき聞いた。分岐を経て、同じパソコンを「やった」同士が異なる道をたどる。でも、その全員が、自分の通らなかった方の道は辿れない。

バス停が「いちょう通り」で、まさに道の両側、銀杏の葉の黄色が見事だ。車窓から撮影し、妻に送った。平日の午前からぶらり、ローカルバスの旅ですか、いい御身分ですなと嫌みの一つも返ってくるだろう。

銀杏並木を過ぎると僕が朝、乗ってきた線路と並走をはじめ、いよいよ元の駅に戻り始めたことが分かる。時計をみやれば、正味三十数分の一周だった。

「次は終点、狛江駅」と女が告げ、「終点、狛江です」と渋い運転手の声が追随する。

平日の午前に、最後まで降りずに乗り続ける中年男性客を運転手はいぶかしんだろう。が、それももうすぐ終わりだ。同時刻に到着する、かたわれの金魚のバスに今度は乗り換えればよいのだ。

ロータリーの入り口で停車して、全員で降りる。さっき乗車口にやってきたバスが無人だったわけがここで分かる。少し手前であらかじめ降ろしていたのだ。

乗るころより強くなった日差しに目を細め、今まで乗ってきたバスに視線をやり、ぎょっとする。

バスの背の上方、電光表示された行き先に「北循環」と表示されていたからだ。

おまえは南循環だったはず。

なんでだ。間違えて、正しいバスに実は乗っていたということか？

いや、たしかに南循環に乗ったはず。バスはロータリーをゆっくりと旋回し、さきほどの乗車口まで進んでいく。

もしかして、算用数字の8の字を描くように、一台のバスが南と北を循環しているということか。脳内の推察で、一番正解に近いと思われる解はそれだった。

カセットテープはそんな風じゃないぞ。

また、今度は北循環になった同じバスに乗り込むことの盛大なバツの悪さに僕は自然に天を仰ぐ。相当なバスマニアと思われるならまだいい。怪しい人と警戒される可能性だってある。

「すまんねプラさん」声がして振り向くと、背後に渡君が立っていて、またぎょっとする。ずんぐりした腕が真っ黒に焼けている。同じくらいの背丈の、若者（焼けてない）と並んでいた。

「うわ、びっくりした」声を上げると同時に顔が赤くなる。プラさんというあだ名は中学のパソコン部の連中しか言わない。前の再会でも赤くなって、それから二十年、忘れていた恥だ。別に恥ずかしいいわれのあるあだ名でもないのだが、恥ずかしい。

「持ってきてもらうパソコンをつなぐケーブルがねえなって気付いてさ、ノジマ電機でケーブル買って来たとこ。ほら、プラさんだよ」傍らの息子に挨拶を促す。

「ぷらさん？」と息子は父親の方をちらりとみてから
「こんにちは」声変わりしてない声で首をぺこりとさせた。

「ミレイ」と渡君が息子の名を告げる。

「ミレイ君、こんにちは」挨拶と同時に「おみやげ」のパソコンの鞄を持ち上げてみせる。うちの畑で採れたパソコンだけど。ミレイ君ははにかんだ。

「このケーブルでいい？」渡君が差し出したのはコンポジットと呼ばれる、両端が黄色と白のケーブル。

「テレビの方は大丈夫？」たとえパソコンと合致しても、テレビ側が最新すぎるとコンポジット端子は省略されている可能性がある。

「大丈夫、うち液晶テレビだけど古いから」

「じゃあ、行こうか」三人で乗れば、少なくとも怪しい人ではない。降りたばかりの、居酒屋みたいな筆文字のバスに再度乗り込み、さっきと同じ後部座席に三人で並んだ。

「本当にパソコンだ」トートの口をみて、ミレイ君が小さな声を挙げる。

「『魔城伝説』は持ってこなかったよ」

「懐かしいな！」懐かしの固有名詞の不意打ちに渡君が大きな声を挙げる。

父さんもこれ持ってたの？　え、そうなの？　今もおじいちゃんちにあんの？　会話する親子のむつまじい反応から、今日、わざわざこれを持ってきてよかったようだと知れてほっとする。きっと、置いて帰ってもいいだろう。少しは遊んだり、いじったりしてくれそうだし、八〇年代ソニーのデザインの価値も渡君ならわかってくれて、大事にしてくれるんじゃないだろうか。そのことは、津波で兄を亡くし、せめてもと遺品を託して寄越した石巻の平田さんの気持ちに報いることにもなる。

「お父さんたちは中学時代、同じパソコン部だったんだよ」父親が話すのをミレイ君は虚心に聞いている。仲の良さそうな気配はSNSの動画で知れていたが、現実にもその気配は引き続いていて、なんだか「ほっこり」する。

「そうなんだよ」といっても、ミレイ君が思い浮かべるようなムードの部活動では到底なかったわけだが。ブラウン管の巨大なモニターとパソコン本体とが机を埋め尽くす、狭い部屋に男子ばかりがすし詰め。倉庫だった部室には窓さえなかった。

「お父さんの同級生で、パソコンが趣味だったカギちゃん……カギヤマ君ってのがいてさ。白血病で死んじゃってね。それでそのお父さんが悲しんでさ――当たり前だけど、悲しいのは――それでさ、学校にパソコンを寄付したんだよ」渡君は説明を続けたが、僕は驚いた。

「バスが発車します」録音された女の声に続き、さっきと同じ渋い声が「北循環、発車します」と続けた。空気の漏れる音とともにドアが閉まり、バスが動き出す。さっきと同様に、金魚のバスと縦列で、ロータリーを抜けて走り出した。

「そうだったの？」

「そうだよ、プラさんなに、知らなかったの？」

僕は頷いた。

「カギちゃんずっと学校来なくなって、死んだの中二の冬だよ。それで中三の一学期からパソコン部が出来たんじゃん」

先月、石巻に友人の遺品を受け取りにいったとき、そこには当然、死と向き合う気持ちがあった。それは、新幹線に運ばれているときすでにあらかじめ知っている死だった。その死に対する、今日はある種、自己流の弔いのはずだったのだ。

古いまったく別の死が、今度は遠すぎる過去の射程から僕を狙撃してきた！

カギヤマ君。カギヤマ君。僕は焦りを覚えながらその名を反芻してみた。

なんの顔も浮かばない代わりに、そういえば、と思い出す。中学のパソコン部はたしかに、中一から中二のときまではなかった。誰か若くして亡くなった子供の父親が、その子の趣味がパソコンだったことから、代わりに若い子らに使ってほしいと寄付した。そういう創設の出自を、たしかに僕も聞いていた。今の今まで忘れていたし、そのときもきっと、へえ、そうなんだ、としか思わなかった。

それが自分らと同学年の、在学中の死だと、なぜ僕はそのとき思わなかったのか。

今、渡君は若いミレイ君を隔て、広くない後部座席に並んで至近にいる。僕も渡君も前を向いて、相応に老けた姿をさらしている。それなのに彼が今、1組と8組だか9組、長い長い廊下の遠くに、数百人の同学年たちのざわめきの向こうにいるようだ。

二台のバスは二つ目の先で右と左に分かれて、今度はまるで異なる分岐を進み始めたのだが、僕にはもう次の景色は少しも頭に入らなかった。

ゴーイースト

武上さんから［刀を運んでくれないか］と打診がきた。

年末にＳＮＳに写真付きであげていた、あの刀剣類のことだろう。

いつでも融通を利かせられるフリーランスの男手として、中年になった今でも武上さんからはときどき頼られる。一月も終わりかけの土曜日の午前を指定された。

［いいですよ］と返信をしてから、どこに、と思う。

武上さんは東京のはずれで古レコード店を経営していて、古物商の免許を持っている（僕自身も、事務所を兼ねたショップでデッドストックのシャツや中古ＣＤを売るために取得している）。古物商の免許というのはジャンルごとに細分化されているわけでなくけっこう幅広い。壺から箪笥、オルゴールに玩具、もちろんレコードまで取り扱うことができる。武上さんの手伝いをしていたころの引き取り先で、ついでにこのラックも持って行ってくれ、なんて言われることはよくあった。

とはいえ刀はさすがになかったし、古物商の免許があっても刀剣類は自由に売買できるものではないのではないか、とは思うものの。

［店まで行きますか、それとも］と入力中に返信がきて［杉並区の兄の家まで来てもらっていい？］とある。すぐに所番地のテキストが続いた。

それとも、と書きかけていたとき脳裏に浮かんでいた場所は、昨年の秋に二人で訪れた長野のプレハブだったのだが。

ネットの地図で調べると練馬の僕の暮らすマンションからそんなに遠くない位置にピンが立った。昨年から亡くなった兄の遺品整理をしていることは聞いていたから、刀もお兄さんのものだろう。

徒歩だと少しかかる、ネットで調べると自転車がちょうどいい。かねてより試してみたかったレンタルサイクルで向かうことにした。

一年前くらいからだろうか。家の近くの緑地——という名称で、公園ほどの広さのない、せいぜいベンチが一組あるくらいの、屋外のデッドスペースみたいな空間——に「そんなに空いてるなら、これ置けばいいじゃーん」と誰か言ったか言わないか、とにかくそんな軽みを感じさせる唐突さで赤いレンタルサイクルが数台、常設されるようになった。

皆がスマートフォンを持ち歩くのが前提になったから出来るようになったことだ。スマホでロックを解除し、電子マネーで支払い、地図をみて乗り捨てる場所を調べる。

なるほどねなるほどねと、そのそばを行き過ぎるとき理解も並走する感覚があった（すっかり見慣れたが、ウーバーイーツに感じるのと逆だ、あれは理解が通り過ぎていくのだ)。アプリをダウンロードして出かけ、立ち並ぶ赤い自転車群の間近まで来て操作してみると、後輪の施錠があっけなくカチャリと外れた。施錠部分以外、ごく普通の電動自転車だ。タクシーにあるような、料金を示す装置なども一切ついていない。料金や利用時間を把握しているのはコイツじゃない。スマートフォンの向こうにある仕組みということか。

意外だったのは、ハンドルの中央に各自のスマートフォンを取り付けられないことだ。スマートフォンありきで広まった未来の手段なのだから、てっきり「あなたのスマートフォンをここに取り付けなさいよ」という気の利かせ方をしているもしくは、そもそもスマートフォンを装着しないと漕ぐことさえ出来ないのではないかと思っていたのに、拍子抜けだ。なるほどねなるほどね、という理解と逆で、要らぬ訝しみが生じる。

他、サドルも含めいたって普通の町乗り用だ。緑地を数メートル出たところで降りて、サドルを少し上げ直した。

漕いで一分もしないうち、軽快な気持ちになった。空き箱が本棚の空きスペースの幅にぴったりと納まった、そんなときに似た軽い喜びを抱く。いいじゃないか、レンタルサイクル。思い付きでなにかを活用できたことが、ただ徒歩の時間を短縮させるという以上の、ささやかな充実をもたらした。平地でも電動アシストの助力はありがたいものだ。途中、風が首に入らないようマフラーを巻きなおして漕いだ。

武上さんの兄上は病院経営で大きな財をなしたそうだ。その死後、武上さんは月に一度くらいは実家まで出向いてその遺品整理を続けていたが、ついにこないだ納戸から未登録の刀が出てきた。

ついに、という感慨は僕が抱いたものではない。

[ついに出た] 輝く刀身の画像つきでSNSに投稿があがったのは一か月ほど前のこと。刀が出るんじゃないかという予感があらかじめあったのだろう。

刀を発見したら、警察に届けないといけないのだそうだ。

近所の交番から来た警官たちの指示で、定期的に開催されている「銃砲刀剣類登録審査会」に出すことになった。今日はそこまでの運搬を手伝うということだが、刀ってそんなに重いものなのか。何本出てきたんだろう。

おおざっぱに武上さんの兄の家の方向に漕いでいたが、赤信号で改めて地図を確認した。練馬から杉並の南北の移動で、十分かからずに到着できる見込みだ。

武上さん自身が今住んでいるのは東京の西のはずれ。車か電車か知らないが、けっこうな時間をかけて遺品整理に出向いていた苦労を思うとき、お兄さんの家のアクセスのしやすさは――そんなはずはないのだが――それ自体が兄弟の個性の違いを物語っているかに錯覚させられた。

住宅街の細い道を進む。一月の午前の空は一面の曇り。幼児を散歩させるお母さんのそばを徐行し、ときおり背後からやってくる自動車をやり過ごし、ときどき停まってスマートフォンの画面をみる。

大きな送電鉄塔の脇を抜けた先の角地の、立派だが古びた塀の上から樹の枝がはみ出しており、ちょうど柑橘系の大きな黄色い実がたくさんなっているのがみえる。画面上の地図ではそこにピンが立っている。

路面には果実が一つ落ちて潰れていた。病院経営で成したという兄上の財がどの程度かは分からないが、東京二十三区内に庭つきの一軒家があるというだけでも立派なものだ。兄が医者で、弟が中古レコード店経営ということにも——もちろんそのことの表層から分かることなど知れているものの、それでも——僕の先を行く世代である武上さんの選択と、そのように選択させた「時代」とをうっすらと感じ取る。

「食べられませんよ、それ」声をかけられて玄関をみると、男が立っていた。地面に視線がいっていたから、落ちた果実を見続けていると思われたようだ。中年の大柄な男だ。

「酸っぱすぎて。ジャムにするくらいしかない」男は寒空にサンダル履きで、潰れた果実をサンダルのつま先で蹴って道の端に寄せた。

「あ、こんにちは、はじめま……」初対面だと判断しかけ、それにしては先方の語り口の距離感が近いとも思え、前に会っていることに途中で気付く。

「はじめましてではないです、お久しぶりです」と続けられ、理解するまでに時間がかかった。

「あのとき……」と言いかける男の声を遮る形で「ああ！」と自分でも驚くような大声が出た。

「どうも」と自らの大声を取り消すように返事を付け足しながら、しげしげと男の風体を眺めてしまった。

名前はたしか、シンスケさん。武上さんの亡くなった兄上の息子さんだ。

初対面の時は、こんな風貌ではなかった。

もっとこう、なんというか、遭難者のようだった。密林の中ではなかったものの、それに近い印象の「奥地」で我々は邂逅している。俗世を離れた世界に佇む人外の気配を漂わせていた。それが今はぼうぼうの髭を剃っていて、長い髪も後ろで束ねており、別人のようだ。痩せただろうか。体積が減った印象もある。

武上さんの兄が生前に買って持て余していた長野の土地が売れたそうで、ずっとそこに建ち続けてろくに中をみてもいなかったプレハブの小屋を何十年ぶりかそれくらいに整理しにいったら、無人のはずのそこに甥のシンスケさんがいた。

勝手に住んでいたのだ。

刀剣をみつけた際の「ついに出た」という感慨を、僕はあのときのシンスケさんにむしろ抱いた。子供のころ読んだＵＭＡの本。ＵＦＯ（未確認飛行物体）ならぬ未確認生物。

ツチノコ、雪男、マナティ、ヒバゴン、シンスケ。

いや、シンスケさんはUMAの本には出てこなかったが、頭の中でつかの間、そういう並びになったのだ。シンスケさん自身がお兄さんの隠し財産かなにかのように、プレハブ小屋に長年、潜んでいた。

ほとんど使われてなかった倉庫代わりのプレハブ小屋の中のガラクタを検分して、売れそうなものや大事なものは持ち帰り、捨てるものは処分する、僕はその手伝いのため同行したのだったが、蔦《つた》の絡まった大きな蓄音機を一つ運び出しただけでその日は下山することになった。

いや、みつけたシンスケさんをどうするのか。プレハブ小屋や、中の大量の荷物はどうすることにしたのか。なに一つ聞くことの出来ないまま車は東京に帰りつき、来た時と同じ駅のロータリーで解散になった。

あのとき、帰りの車内で「どうしよう」と武上さんはいった。

ずっとプレハブにシンスケさんが住んだら土地が売れない。一方でもう買い手はみつかってしまっている。どうやら彼は無許可で勝手に居住していただけのようで、息子とはいえ彼に土地の所有権はない（細かいことは分からないが、武上さん曰くそうであるらしい）のだから「出て行ってくれ」ということになるだろう。といって、素直に出て行ってくれるだろうか。出て行ったあとは？　筋金入りの引きこもりで五十代のシンスケくんの処遇（?）はさて、どうする。

僕に説明するためというよりも脳内を整理するためみたいに武上さんはそこまでいって、黙った。黙った理由もなんとなく分かった。

僕としてはもうそれは完全に「よその家のこと」だったので、「どうするんですか」と合いの手を入れたものの、息を漏らした武上さんに同情する以外、できることはないのだった。

しかし、聞き手がいようがいまいが事態がなくなったわけではない。その後、あの件はどうなったのだろうと気にはなっていたのだ。

「刀を運んでくれないか」とメッセージが届いたとき、シンスケさんについての続報が聞けるかも、という期待があった。

「刀も、あのプレハブから出てきたんですか?」という最初の問いに対しては、返信を書く際に表示される「…」がずいぶん長くみえた。プレハブにはシンスケさんの私物（主に漫画本や古いパソコンゲーム）が、地獄に通じるレンガの壁のように積みあがっていた。

「いや、東京の、兄の実家。あそこにあったら超大変だよ!」なんてことをいうんだ、という抗議の含みを伴った文面が返ってきた。

で、言われたとおりにこうして来てみたら、続報どころか本人自身が出迎えてくれたわけだ。あのうっそうとした木々の中のプレハブにもう、棲んではいないのだな。

「なるほど、自転車か」とシンスケさんは顎に手をやってみせた。案内されてレンタルサイクルを動かした。門をくぐり、ちょっとした規模の中庭に自転車を入れ、隅に停車する。

「彼も自転車だし、いっそ自転車で行ってはどうでしょうね」シンスケさんが玄関に呼びかけると、開きっぱなしのがらり戸の奥から日本刀をすらりとかざした武上さんが現れた。

本当だ。別に疑っていなかったが、本当に刀だと思う。はしゃいで殺陣《たて》の真似を続けるかと思ったが、武上さんは刀身を見上げただけで、まじめな顔で鞘《さや》に納める。

「今日はすまんね」それでもまだ少し芝居がかっていたのか、言葉を発すると表情がほどけた。

「自転車がね、いいと思ったんですけどね」さっきの言葉をシンスケさんは繰り返した。

「ああ、自転車か。なーるーほーどねえ」武上さんは返事を間延びさせながら、僕が乗ってきた赤い自転車をみやる。

「うちにも一台あるし。電車はやはり避けたいところですな、僕は」

「今ね、どうやって運ぶかって話をしてたのよ」武上さんが僕に補足を入れた。

「刀をですか」

「そうそう……持ってみる?」日本刀を手渡される。右手で鞘を、左手で柄《つか》を持って横に動かすと、白と銀の刀身がわずかな弧を描きながら広がっていく。

「気を付けて」小声でシンスケさんが言い足したので、鞘を抜き取る際には慎重を心掛ける。

ほう。などともっともらしい感嘆の声が口から洩れた。僕が縦に持ち替えた刀身を三人でみやる。僕と同様に感心しているのか、それか僕の感心の収まりを待つかのように二人とも無言だ。

ワンフォアオール！　曇天に刀を突きあげる想像をする。オールフォアワンの声は続かない。かつかつの中年デザイナーと、ベテランの引きこもりと、老年レコード店主の、よぼよぼ三銃士。

「なるほど」と、ゆっくり鞘に刃を戻した。

「そうなんですよ」と、奥深い会話が交わされたかのように相槌をうつ武上さんに、恭しい手付きで鞘ごと返した。

「これは長船《おさふね》」他はたぶん二束三文、だけどこれはいい刀よ。武上さんは請け合った。

それから、電車移動をなぜ避けたいかをシンスケさんが語り、武上さんは玄関の上がり框に置いてある刀剣の、どれをどの鞄に入れるか思案しながら相槌をうった。

ずっと風呂に入っていないから、一月の電車は暖房で匂いが立ち込めるだろう、迷惑をかけることになるし、不審者とみなされる。その点、自転車ならばすぐに人と擦れ違うわけだから、ほとんど迷惑をかけない。

だったら今から風呂に入りなよ。いやいや今からは入れない。いや、すぐ沸かすよ、ていうか刀と関係なく風呂には入れよ。いやですよ、盆しか入らないって決めてるんで。なんでだよ。盆に入るなら正月も入れよ。盆と正月って言うだろう。言うからって、関係ないです。いやいや、なんで盆だけなんだよ、ちょうど一月だし入れよ。いやですよ……。やり取りを耳に入れて、ずっと風呂に入ってない人と刀を運ぶのかあ、とまず思い、なんだか変だと続けて思う。

二人、軽口が弾んでいるのがだ。

昨年秋、長野までドライブして、プレハブ小屋でヒバゴンのようなシンスケさんに遭遇したときの二人はこんな軽妙な掛け合いをしていない。あまりにギャップがある。

あのとき、シンスケさんはＵＭＡらしい（？）不穏さを全身に湛《たた》え口数は少なく、逃げるかさもなくば襲い掛かるかしてきそうな野生の気配を醸しだしていた、そこまで強い気配は一瞬のことだったかもしれないが、その後も寡黙な調子で口数少なく、武上さんは武上さんであっけにとられ続けており、甥と叔父の久方の邂逅という風ではぜんぜん、なかった。いや、会った直後だけ法事で会った叔父と甥みたいな声掛けと表情になった瞬間があったような気もして、それはそれでとても混乱したものにみえた。

シンスケさんは住人のように我々を見送り、勝手に暮らすプレハブに引き続き居残ったが、その帰りの車でも武上さんはまだ、こわばった顔をしていた。

「そういえば、武上さんの車は使えないんですか」思いついて尋ねる。新車に替えたばかりのはずだ。

「それが俺、今日、スクーターなんだよ」意外な返事が返ってくる。裏にでも停めてあるのだろうか。若いころ、たしかに武上さんはカブに乗っていて、仕事の移動だけでない、雀荘にもライブハウスにもカブで到着するのがお決まりだった。

「こないだ腰を痛めてさ。そうすると、意外に車よりもスクーターの方が大丈夫なのよ。知ってる？　今のスクーターって超ラクよ」チョーラクの発音が凋落になってる。

ということは、今日は武上さんに代わって僕とシンスケさんとで刀を運ぶというわけか。

「その、刀を運ぶ先はどこになるんです？」

「都庁」さっきと別の刀を手に持っていたシンスケさんが、その刀身を予告ホームランのようにかざして門の向こうを差した。

「こっちか」言い足して、少しだけ差す向きを変える。ざっくりと東の方角。

「都庁って新宿の？」

「他にありますか」

「いや、ないです」

そっちをみてももちろん都庁はみえない。庭の柑橘系の木の隣の枝に小鳥がきて、枝から塀のてっぺんに、てっぺんから枝にと位置を細かく変えながら小さくさえずっている。

曇り空をみあげ、なまったから運動してるみたいにみえる動きで体を反転させ、お兄さんの実家それ自体を眺めた。立派だが、ざらざらした外壁は一昔前の流行だ。昨今は小さなレンガ状の模様であることが多い。二階の端の窓だけカーテンがひかれている。シンスケさん、今はこの一軒家に住んでいるのだろうか。

昨秋の車内で聞いた話では、プレハブ暮らしの前は、ここではなく別の親戚のだれそれの家に居候していたはずだ。そっちに戻ったのか、それとも。まさかあのプレハブを出て流浪の身ということはないだろう、などと考える。

電車で行くのか、自転車で行くのか、二人の議論は続かなかった。実父を亡くした甥っ子に対して武上さんは今なお遠慮を抱いているのかもしれない。

スマートフォンの地図アプリを表示させる。［新宿都庁　レンタルサイクル］とワードを入れると、画面内の地図がみゅーんと（音は立てないが、そんな風に）広がって、やがて現在地から都庁近くまでの線をにょろにょろと表示してみせた。新宿までは十キロちょっと。自転車で小一時間も漕げば着くだろうが、骨の折れる移動になりそうだ。

玄関の上がり框の奥に並べてある刀は軍刀が一本に、日本刀が三本。武上さんは釣り竿入れとギターケースに二本ずつ分けて入れた。エレキギターが廊下に無造作に平置きされている。他、差し当たって刀を持ち運べる鞄がないから、急な思い付きで「お、このケースを使おう」ということになったのが丸わかりだ。薄水色のショートスケールのテレキャス。武上さんには似合わない「ガーリー」なギターだ。

ケースは少しもガーリーではない、灰色なのが、経年で変色したのか元からの色なのか分からない、薄汚れたぼろいものだ。外からみれば誰も刀剣を持ち運んでいるとは思わないだろう。思わないだろうが、いざ背負ってみるとそわそわする。

これまで二人の、いささか人を食ったやり取りに刀は押され気味だったが（という把握もおかしいが）、背負うことで存在感を主張しはじめ、わずかながら緊張を覚える。

「いいね」ギターケースを背負う僕の立ち姿を、武上さんは不必要に褒め上げた。別に「いい」とか言ってもらいたい事項ではない。やっぱりやめます、と帰られてしまったら困るという気持ちが言外ににじみ出ている。帰らないですよ、とわざわざいうのもおかしいので黙っていた。

「やっぱりバンドやってるだけあって、しっくりきてるよ」

「やめてくださいよ、もう」仲間と趣味でスタジオにこもって、たまに音を出しているだけだ。

「だいたい、バンドでギター弾いてないですから」ソフトケースにただの棒状のものを入れているので、ボディ部分は凹み気味で、背中にビニール素材の一部が付着しているのが分かる。少しもしっくりきてるわけがない。

「じゃあ、こっちにする？」武上さんは釣り竿入れを持ち上げた。

「いいですよ、こっちで」

「そう？　ほんと、すまないねえ」ぎっくり腰っていうほどでもないんだが、こないだ痛めてから癖になりそうというか、怪しい予感があるのよ、と武上さんは腰からわき腹までをさすってみせる。一瞬見えた腹回りのシャツの下から黒いコルセットが透けてみえた。今は痛くないけど、後からきそうでと独りごちている。

「空気、大丈夫かな」刀の入った釣り竿入れを受け取って、スニーカーのつぶれた踵《かかと》を指で持ち上げながらシンスケさんがいった。家の裏に回り、自転車の空気入れを片手に戻ってきた。古そうなママチャリを、今度は反対の方に回って取ってきて、シンスケさんはかがみこんだ。

自転車のタイヤに空気を入れる作業を久々にみる。いつからかサイクルショップの店頭には、ホースの先をタイヤの空気口にあてがうだけで自動的に空気が送られる機械が設置されている。もう、多くの自転車利用者がそれですませているのではないか。

トラディショナル、という措辞はおかしいが、シンスケさんの空気入れはそう思わせるくらいに懐かしさを伴った動作であり、チャップリンの無声映画の中のパントマイムさえ思わせた。

武上さんも腰に両手をあて、鑑賞する体で往年の空気入れを眺めた。両手でつかんだハンドルを上下させるだけの単純な運動を、けっこうな回数繰り返す。その古式ゆかしさは、初めてやってきて目の当たりにしたばかりのこの家の、立派な母屋や庭の古い気配にも符合した行いにみえる。

同時に、シンスケさんの立ち振る舞いにも感じ入る。前に会ったときの印象からすると、空気入れを数回上下させただけでも肩で息をしはじめそうな運動不足の気配がしていたのだが、全然違っていた。空気入れを取ってくる足取りからして、きびきびと軽快でアグレッシブな印象だ。

それでも今回、シンスケさんが刀の運搬に同行することには、意外なものを感じ取る。昨秋のプレハブ小屋で初対面した際の、誰ともかかわりを持ちたくなさそうだった厭世的な寡黙さを思うとき、今ここで広い庭にいて、外気に触れている姿自体、稀少というかレアというか、そんな語で表したくなる。

それに、電車に乗りたくないとまで俗世を避けたがる態度と、都庁などという公の中の公の施設に刀を持っていくということとは本来、両立しえないものに思える。

短期間に会っただけで訝しむのもどうかと思うが、たった二度の邂逅それぞれにメリハリがありすぎる。

「そっち大丈夫ですか」単純な反復運動に見入っていたら、シンスケさんは不意に動作を止め、僕に尋ねてきた。

「あ、はい」僕が乗ってきたのはレンタルサイクルだ。空気のメンテナンスは行われていると思われる。

灯油タンクにポンプで灯油を移す作業は目盛りを気にするが、自転車の空気入れにはアラートがない。両手の運動を続けていたシンスケさんだが、やがて自己判断でそれをやめてママチャリにまたがり、広い庭の中の平坦な地帯を神妙な顔で漕ぎだした。何度か頷き、納得している。

自転車のタイヤの空気は、よほどフガフガになるほど抜けたのでない限り、タイヤを少し押したくらいでは判定できない。どれだけ空気を送り込んでも、十分なのか、入れすぎなのかの確信が持てない。乗って漕いでみて初めて、タイヤの中の空気の反発を実感できる。自分と同じことを思っていてのことか分からないが、どうやら（空気の入りっぷりに）十分な満足を得たようで、シンスケさんはいつでもいけますよ、と自転車を門の方に向けてこちらを振り返り、促した。

「じゃあ、行くか」と武上さんもいつの間にかフルフェイスのヘルメットを手に持っている。家の裏に回り、スクーターを押して戻ってきた。昔乗っていたカブとは違う、割と大きめの黒い車体だ。原付には望めないゆったりしたシートで、本当に軽自動車より楽なのかもしれない。

「え」とここで声が出る。

「なに」

「武上さんの腰が悪いから、僕が代理で呼ばれたんですよね」てっきり、武上さんはここで相対的に若い我々二人を見送るのだとばかり思っていた。

「そう、刀を背負うのはしんどいから持ってもらう。でも、俺もいくのよ」そうなのか。

「ていうか、叔父さんが一緒に来ないと、刀剣類不法所持で捕まる」

「スクーターで新宿まで、大丈夫そうですか？」

「まあ、できると思うよ。だって、ここにだってスクーターで来たんだもん」

ここまで来れたから、ここからも大丈夫というロジックは疑わしい。ここまで来ちゃったから、これから先はさらに不安なのでは？　東京の西のはずれから杉並区まで来るだけでもしんどかったろうに。

僕の心配に構うことなく武上さんは屋内に戻り、薄手だがしっかりした防寒のジャケットを身に着けて出てきた。少し前、助手席で運転している姿をみたときには「老けた」と思ったのに、ぴったりしたジャケット姿はにわかに精悍にみえてきた。シンスケさんに抱いたのと似たギャップをここでも感じることになった。とにかく、依頼された理由（腰が悪いから）と、ツーリングで富士山くらいまで行けそうな佇まいとの間の辻褄のあわなさを心中でもてあそぶ。

「叔父さんが刀の所持者なんだから。叔父さんが来ないと申請が出来ないし、叔父さん抜きで警察に捕まったらアウトです」シンスケさんが改めて補足をした。

つまりこういうことだ。武上さんは腰のせいで刀を持ち運べないが、運ぶその刀のそばにはいなければならない。武上さん以外の我々二人は腰を悪くしてないので刀を運ぶことができるが「持ち主ではない」ので、捕まったら刀剣類不法所持容疑かなにかで現行犯逮捕されてしまう。だから刀を所持した二人は、持ち主である武上さんに随伴し続け「あくまで、腰痛という事情を抱えた持ち主の代わりに持ってあげながら」の移動になる。

そして今、武上さんはスクーターしか運転できず、我々は自転車で行く（しかない）ということから生じる速度差も含めて、妙なパズルめいた状況だ。

「何メートル離れたら『アウト』なんだろう」

「どうでしょうねえ」フフ、とシンスケさんが笑ったようにみえる。

バスや電車を乗り継ぐつもりだったのだろうが、もともとシンスケさんは電車を嫌がっていたわけで、僕のレンタルサイクルが引き金になってしまった。「いい」と思った鼻歌交じりの思い付きが、ここで思わぬルート分岐を生んだ。

「じゃあ、まあ、出発しますか。要所で待つようにするから、二人ともついてきて」フルフェイスのヘルメットをかぶり、また脱いで「あ、途中でコンビニ寄るかも」と、これから深海に潜るから、もうあと会話ができないからその前に、という風に言い足して「では、都庁で会おう」を最後の交信みたいに残し、ヘルメットを装着した。

「了解、都庁で」しかと受け止めたという感じでシンスケさんが言い返し、また口の端に薄く笑みを浮かべながら、先に自転車を漕いで家の外に出た。僕も、スクーターにまたがる武上さんに手をかざし、あわてて後に続く。

都庁で会おう、か。なにかを決行する者同士みたいな、日常生活でなかなか言えないセリフだ。見送りがいたらベルなんか鳴らしたかもしれない。原付ではない中型のスクーターの割とドスの利いたエンジン音が背後で響き、すぐに我々を追い抜いた。

行く先が新宿の都庁舎であることに驚かなかったわけではない。

日本刀の所持許可を得るために向かう場所が東京なら事実上「都庁」しかないというのが、無駄に劇的な効果を及ぼしている。普通、都庁に日本刀を持って入るなんて、それだけでもう古典的なテロだ。

いや、その把握もおかしい。本当の普通には、人は日本刀を持ってどこにもいかないのだ。

土地を掘り返していて不発弾が出てきたとか、暴力団の摘発で武器を押収したとか、そういうニュースをたまにみる。それぞれの危険物に精通した然るべき組織が然るべき対応をしているだろうと思って、深く考えずにニュースをやり過ごす。

他方で、平和裏に暮らす家の、押し入れの奥から物騒な武器が出てくるということは、ありうることだ（実際に武上さんの家でもあったわけだ）が、それはそんなにはニュースにならない。だから然るべき対応を、だいたいの人は知らない。都庁という行く先の大袈裟さにこれは見合ったことなのか。たしかに刀は危ないものだろうが、暴力団の摘発や不発弾の撤去と地続きであるような実感は持てない。よく分からないまま自転車を漕ぐ。

曇天で、もうすぐ正午になる時間だが気温は低い。厚手の、腰まで丈のあるコートでやってきたが、もっと動きやすいジャケットにするべきだった。手袋ももっと厚手のがよかった。武上さんだけでなくシンスケさんもぴったりとした音の出ない防寒具で揃えており、二人は慣れた夜盗のようである。刀剣は盗品ではないし、その武器を行使するわけでもないのに、叔父と甥の二人組に不穏な気配を感じ取らずにはいられない。

しばらくシンスケさんと縦列で自転車を漕ぐ。刀剣の持ち主の武上さんとくっついていないと「不法」所持になるという理屈に、どこまで律儀に従えばいいか分からないが、シンスケさんはかなり速度を出し、はるか先を行ってしまった。スクーターの武上さんにあくまで追従するつもりのようだ。前を行くシンスケさんの尻がサドルから持ち上がる。釣り竿入れを斜めに背負っていて隠密行動中の忍者みたいにもみえる。定期的にみかける幼児連れの母子のそばでもあまり速度を落とさないのでヒヤリとする。

自分もパズルめいた状況の不思議さを少しは楽しんではいたが、すぐに飽きて、というか漕ぐのにも疲れて、見失わない程度のペースで後を追うことに決めてしまう。

細い住宅街を抜けて最初の赤信号で武上さんのスクーターに並んだ。しかし武上さんは「やっぱり、待ってらんないから先行くわ」とヘルメット越しに大声を上げ、青信号になるや、我々を置き去りにしてやかましいエンジン音を残して去ってしまった。

「なんたることだ」シンスケさんはオタクっぽい文語調で嘆く。

やる前から分かりそうなものだが、やってみるまでできそうと思って、やはりできなかった、ということがある。歩く人と自転車で、並走しながらコンビニに行くことは割と簡単にできるが、スクーターと自転車にはかなりの速度差がある。つかず離れずで進むのは、スクーター側がかなり加減しないと無理だ。

そりゃそうだよねえ、と今更ながら深く納得する。コンビニに寄ると言ってたし、どこかで合流する形になるだろう。

「マジですか」嘆きが足りなかったか、シンスケさんは語気に抗議の気配をこめてさらに漏らした。

「だったら、最初から委任状を書いて、自分は家にいればよかったのに」とぼやきもした。彼が、あらかじめ決めた手筈《てはず》通りに全力でついていく（どこまで本当か分からないパズルのルールを、それでも順守する）つもりだったことはさっきまでの漕ぎ方で伝わっている。

「今、警察に呼び止められたら『御用』ですよ」僕の方を振り向き、今度は少し面白そうな声音で付け足し、先に漕ぎだした。

後を追って住宅街をしばらく進むうち、青梅街道に行き当たる。赤信号で武上さんのスクーターが待っているかと一瞬だけ期待したが、片側三車線を行き交う大量の車の流れと騒音に接して、完全に諦めがついた。もう、シンスケさんの尻もサドルから持ち上がることはなかった。小川から不意に大海に出たようで、ちっぽけなスクーター一台なんか、この大量の魚の群れにまぎれてしまった。先を行くシンスケさんに倣い、せめてせっせと自転車を漕ぐことにする。

青梅街道はたまに車で通りかかる、自分の生活にとって割と身近な道だ。車窓からもよく見慣れた荻窪の駅前を通り、しばらく無心で漕ぐうちに環八に差し掛かる。環八の横断歩道を渡るのが新鮮だ。

ここまで脇を追い越してくる車におびえることもないし、危険と感じる瞬間もまるでない、意外と快適なサイクリングになっている。

地下鉄丸ノ内線と並走する形にもなっていて、だから南阿佐ケ谷、新高円寺と、駅前らしい栄えた街並みと、だんだんそうでなくなっていく景色の変化を繰り返すことになった。車移動や歩行や地下鉄では、その繰り返しのバイブスを味わえない。なるほどなるほど、と気持ちが楽しみ始める。同時に、二本の刀が思いのほか肩や背中に負荷を与えてきていた。前をゆくシンスケさんは、その背中をみる限り、楽しみも負荷もなにも感じていないかのようだ。

赤信号でスマートフォンの画面をみると武上さんからメッセージが届いている。「近くの百円ショップに寄るけどよい」とある。少しいったところで左折し、商店街に入ることになる。

「シンスケさーん！」初めて、名前を呼んだ。まだ連絡先も交換していなかった。

「軍手を買えたら買おうと、僕も思っていたところです」とシンスケさんは頷いた。ハンドルを握る手をみると真っ赤だ。

「健脚ですね」とシンスケさんの脚力を褒め称える。初めて二人、漕ぐペースをゆるめて知らない商店街を並走する。

「別に……」シンスケさんは説明の言葉を考えたあとで

「僕のことをオタクだと思ってるでしょうが……」と言い直した。眼光を受け、少しひるむ。少し前に石巻に一緒に行った真面目なカメラマンに、安倍元総理の死について見解を聞かれたときと同質の強さを放っていた。

「……昭和のオタクですからね」とシンスケさんは続けた。禅問答のように受け取ってしまう。健脚とかけまして昭和のオタクととく？

「オタクが、小太りで甲高い声で喋る、運動をしない脆弱な人種になったのって、バブル以後からですよ。昭和のオタクは運動神経がよかったかどうかはともかく、皆ガリガリで、とにかく歩き回ってましたから、足だけは丈夫なんです」

「なるほど」

プレハブで出会った時に自分が僕に与えたであろう印象を踏まえて、漫画やゲームを積み上げて籠城する人間＝運動不足という安直な見立てを修正してきた。オタクであることはお祭しの通りだが、という追認もそこには含まれているわけだ。

「たしかに。最初にお会いしたときは正直、太ってみえましたが、今はタイトなジャケットを着こなしてますね」

「これですか」薄手の、武上さんとお揃いのようにみえる黒い防寒性の高そうなジャケットの、胸のあたりを見下ろしながら指でつまんでみせた。

「安くて暖かいのをと突き詰めて探していくとワークマンになります」

「そうですか」

「このズボンも全部ワークマンです」

「はあ」あのプレハブで冬も室内でこれ着て凌いだのだろうか、訊いてみたくなる。

「『ワークマン男子』です」

相槌をうちかけて、ん、と思う。たしかに少し前からワークマン女子という語が広まった。無骨な作業着ブランドが、機能性と安さで選ばれているらしい。しかし、ワークマン男子はただの「男子」じゃないのか。

百円ショップの入った建物の駐車スペースには黒いスクーターがすでに停車していた。買い物をすませ、三人で近くの喫茶店に入る。そこで初めて、書類をみせてもらった。

「東京都銃砲刀剣類登録審査会の御案内」と題された書類には、月一回の開催であること、事前予約制であること、審査場所は東京都庁第二本庁舎であることが書かれている。

「ブレンド三つ」給仕のおばさんの差し出したメニュー表を、三人ともろくにみなかった。

「銃や刀剣がみつかったら、登録審査をしなければいけないわけですね」

「没収されるのでよければ、審査はいらない……あ、ミルクだけで」

「僕は両方ください」

「僕は、僕もミルクだけください」かしこまりました、おばさんが一人だけ砂糖ねと指を立て確認し、下がった。

刀がみつかったらまず警察に電話して、そうすると近所の交番から来たと思しき二人組が、先の実家にやってきたそうだ。

「そこが一つの分岐だったのよ」不要なのですべて処分したいとそのとき願い出れば、それで終わりになった。警官が持ち帰って、それこそ「然るべき」措置をとってくれる。

由緒あるものだとか、思い出の品だから取っておきたいという場合、所持の許可を得るために鑑定をしなければいけなくなる。

「あるんですか、由緒」

さあ、武上さんは首を傾《かし》げた。一本は長船、とか言ってなかったか。

「あの一本を除いて、まあ、ないでしょうな」シンスケさんは自信に満ちた調子だ。

もともと、武上さんの父親が入手したもので、幼少のころに一度、みせてもらった記憶があるそうだ。

「うちは代々医者の家系で、だから父も医者だったのよ。家も立派だし、骨董やなにかを売りたがる連中が家によくやってきてて……」

「あの、玄関の壺もでしょう？」

「傘立てな。あの、宗教団体の。君が大好きで毎日みてた、なんだっけ、あの『ミヤネ屋』でも出てきたろうけど……」

「あの壺買ったんですか！」もう今はミヤネ屋みてませんという訂正はひとまず置くことにする。もはやネットミームにさえなっている、あの「壺」を。

「買っちゃったのよ、これが」ミーハーな、自慢めいた目つきをする。

「さっき玄関でみませんでした？」どうだっけ。あったかどうか思い出せない。

「金持ちはさ、ちょっとくらい騙されても鷹揚なんだよ」自分の家の話じゃないみたいに武上さんはいい、シンスケさんもまったく、という風に頷く。

「あの壺さあ、大量生産で、もちろん価値はないんだけども、それでも一応は石だから重くてさあ、捨てに運ぶのも嫌で」

「じゃあ、刀もそんな風な感じで？」

「どういう事情だったんだろうか、そうだったのかもね」

それでも武上さんは鑑定を願い出た。警官に「発見届出済証」を交付してもらい、それを携えて、月に一度開催されているという審査会への参加を予約した。武上さんはテーブルに二枚目の書類を広げてみせてくれて、やっと理解が一つ得られた。

「よかった」シンスケさんは持ち主と運ぶ刀との物理的距離ばかりを気にしていたが、それ以前に「今の移動は、持ち主である証明を得るための移動である」ことの証明がないなあと、ややこしいことを案じていたのだ。

まず、自宅で出た刀の所持許可を得るのには都庁までもっていかなければならない。現に今、そうしている。つまり今はまだ武上さんは、所持許可を得ていない。得ていない状態で持ち運んでいることは罪になってしまうのではないか、その辻褄はどうなっているのか。なまじっか移動手段がちぐはぐになってパズルのような運搬になったためか、細かいことが気になっていた。

そこでおばさんがコーヒーを三つ運んできた。ミルクピッチャー一つに三人分のミルクはまとめられており、それと別に角砂糖のつまった壺を一つ、シンスケさんの前に置いて不愛想に去っていく。

「なにが『よかった』なのよ」

「いや、つまりですね……」家で発見された刀の、今後の所持許可を得るのに都庁にいかなければならないとしたら、家から都庁までの間の許可はどうなるんだ、という理屈を話して聞かせた。

「その間は自己申告でいいんだとしたら……」と武上さんがしゃべる途中で噴きだした。

よからぬ目的で本当に不法所持していても、都庁に運ぶ途中だ、で切り抜けられることになる。

「警官に『君、君、ちょっと……』とかいわれても『ちょうど都庁に届けに行こうとしてたところでしてー』で通るわけだ」すぐにシンスケさんが寸劇にしてみせる。

「昔、そういう、法律漫談の人がいましたよね……誰だっけ」笑いながらコーヒーにミルクを注いだ。

「いたねえ、六法全書を持って漫談する……タージンじゃない？　違うか」ミルクピッチャーを僕から受け取り、武上さんはコーヒーに口をつけながら思案した。

「タージンじゃないですよ、ミスター梅介です」シンスケさんが訂正し、武上さんと僕の声が「それだ」と揃う。学校の教科と無関係のカルチャーについて博学である（もしくはそうふるまう）ことがデフォルトなのは、まさに昭和のオタクっぽい。

ミスター梅介は小学生のころによくみたお笑い番組で、バカではない知的（？）な笑いを披露する異色の芸人だった。

刀剣を不法に持ち歩いていて警官に呼び止められても、呼びかけられる寸前に都庁の方向に歩いていればセーフ。そんな漫談をミスター梅介はしただろうか。

「タージンはあれですよ、『スキーのストック』でしょう？」シンスケさんはひとつ前の固有名詞にも訂正を入れた。

「あ、そうな！『スキーのストック』な」とこれは僕には分からない話題であり、二人だけで盛り上がりはじめた。話題は僕もみていたお笑い番組から移ろい、大人たちの夜更かしの麻雀の横に少年のシンスケさんが紛れ込んで遊ばせてもらっていた夏休み、そういった思い出を共有しあっている。

語り合う二人の様子は、甥と叔父という間柄以上に親密で楽しげだ。たとい医者だからとて父親が必ず四角四面とは限らないが、扶養の責任を持たない自由業の叔父さんというのは、少年にとってよほど気安い、なつきやすい存在だったことは想像に難くない。

僕からすると二十年来の付き合いである、中年から老人になった武上さんと、昨秋と今日とで二度しか会ってない（見目は激変している）シンスケさんと、印象はそれぞれ「長い線」と「点二つ」くらいに異なっている。二人には長い時間の線があって、途切れた空白の後に今、新たに点が打たれている。ずっと途切れていたのだとしても、ちょっとしたきっかけがあればすぐに取り戻すことができる。不意に発生したいいい軽口を交わす二人の仲の良さは意外ではあったが、それは僕がシンスケさんを点でしかみていないからだ。

「まあ、とにかく、これですよ」武上さんは紙片を指して話を本筋に戻した。古くからあるような喫茶店で、男三人にはテーブルがやや狭い。コーヒーを噴いて紙を汚さないようにしないといけないが、二人とも盛り上がっているから心配だ。

「発見届……『でずみしょう』って読むのかね」

「『とどけ・でずみしょう』で切らない。『とどけでずみ・しょう』でしょう」

「でずみしょうを書いてくれた警察の人だけどさ、なんか変だったよね」

「変だった。変っていうか、軽かった！」

「『うわぁー』とか『やばいっすね』とか言って」警官でも、本物の刀をみる機会はなかなかないのだろう。

「二度目に見に来た女性の警官が、すごいノリがよくてさ」

「ああ、あれ聞こえてましたよ」

「聞こえてたなら降りてこいよ」

「でも僕、引きこもりだし」

「なにその、引きこもりに作法があるみたいな言いよう」

「それに、あのときまだ髭もぼうぼうだったから、不安にさせちゃいけないなと思ってさ」シンスケさんは角砂糖をさっきも入れていた気がするが、さらに一つコーヒーに足してスプーンを使った。

そういえば、ずっと風呂に入ってないっていってたな。急に鼻をきかせたら失礼と思い、代わりに横顔をみる。自己申告の「風呂に入っていない期間」がどれくらいか分からないが、こうして室内にいても今のところ匂いが漂ってくるでもない。

ずっと風呂に入らない家族を風呂に入れる、ここでは武上さんの苦労を思い、心が眩《くら》む。

風呂に入らない対象には、まずはさっきの武上さんのように「入れよ」と言葉で促す。でも入らない。だったら度合いを強めて強い調子で言う。ある程度の度合いまで「いう」ことの次には、経済制裁的な手段があるとして、それが無理ならもうそのあと、暴力的な手しかないじゃないか。

力任せに風呂に引っ張っていく「しかない」。抵抗したら動かなくするしかない。引きこもりを学校に行かせるとか仕事に行かせるとか、なぜ出来ないんだと不可解そうにいう人が未だにいるが、手刀一閃で気絶させて風呂までひきずっていって、汚れた玄関マットにするように熱いシャワーをかけることができるだろうか。

できなさが高じたのち、暴力的な解決（しかないの）で、親が子供を刺し殺すみたいなことになる。「殺す」と「黙認する」の「間」に答えは、ないのだろうか。

シンスケさんとは交流がなく、軽口を叩きあえる関係になっていないが、それでもシンスケさんを知ってきた、という気持ちはある。

新たな客の入店を告げる乾いたチャイムが鳴ったのを機に武上さんは立ち上がった。コートを着込む。シンスケさんはさっき買った軍手を取り出した。束ねてある厚紙をむしりとり、留めてあるナイロン紐を引きちぎり、手にはめてわきわきと感触を確かめた。

外に出てもう、警察につかまってしどろもどろになる空想を三人ともしない。職質される可能性を考える面白さに飽きたのだ。だべっているうち、「まあ、大丈夫だろう」と

いう根拠のない凡庸な共通認識ができあがった。百円ショップの駐車スペースまで戻り、黒いスクーターにまたがって
「じゃあ、都庁で」と出発時の台詞を武上さんは繰り返し、エンジン音を響かせて去った。

「ゴー、イースト、か」シンスケさんはママチャリにまたがってつぶやいた。

「普通『ゴー』といえばウェストなんだけども」

「そうですね」言われてみれば本当だと思い、同調する。ゴーノースもゴーサウスもあまり聞かない。ゴーといえばウェスト。

それから二人、また縦列になって青梅街道を走る。地下鉄の駅が近づき通り過ぎる度に繰り返される似た景色群の中には必ず、交番も建っている。バンドで練習中のドラム譜の、小節の終わりに必ず入るフィルのようだと感じる。下手なのでフィルで失敗しないよう、微量の緊張を感じる点が似ている。

荻窪から新宿に向かう街道はおおむねゆるやかな下り坂で、その意味ではとても楽だった。

環七の横断歩道は大きな高架をくぐる。幸い、レンタルサイクルの駐輪スペースは目指す都庁の至近にあることが分かっている。まさに「公」が広めようとしているものだからか。

新中野をすぎたら向こうに高層ビルが二棟、姿を現した。ビル群が近い。新宿と言えば

ビル街。分かっていたことなのに、視界に入ったことで少しの高揚がある。たしかに我々は、東に向かっている。普通はウェストなんだけど、というシンスケさんのつぶやきに改めて深く首肯する。ヴィレッジ・ピープルの、サッカー中継でよく聞く歌を思い出す。

三蔵法師は天竺を、西部の開拓民はサンフランシスコを目指した。あまりたくさんみたわけではないが、西部劇の列車強盗も殺し屋も「西へ逃げ」る気がする。ドラマの中の犯罪者はだいたい「南」か「北」に高跳びする。

東は、ないな。寡聞にしてとんと聞かない。東が特に強く謳われてるのは東方見聞録くらいか。

「次の中野坂上って十字路を右折しまーす」大きな声で伝えるが、聞こえたか分からない。シンスケさんはスマートフォンどころか携帯電話を持っていない。確認していないが、そういう直感があった。

尻を持ち上げて速度をあげ、斜め後ろに近づく。

「中野坂上で……」と言いかけてやめる。シンスケさんが小声でなにか口ずさんでいる気がしたからだ。

速度をあわせ耳をすませる。向こうには接近を気づかれていないようだ。街道の車の走行音にまぎれているが、かすかに聴きとれた。

東に向かうぞ　ニンニキニキニキニン
東にあるんだ　夢のくニンニキニン

近い世代だろうとすでに踏んでいたが、シンスケさんの口ずさんでいるのは僕もよく知る懐かしの曲だった。子供時分に人気絶頂のドリフターズが声をあてた人形劇『飛べ！孫悟空』の歌。ヴィレッジ・ピープルよりもはるかになじみ深く、思いついたらつい、口をつく気持ちが分かる。もちろん今なら、西を東に変えて。

さっき「点でしか知らない」と思ったが、自分とシンスケさんにも、武上さんとのそれとは別の、ともに辿れるリボンのようなものがある。

どういう事情でか、父親の葬儀にも参加せずに山奥のプレハブ小屋に隠れ住んでいた男のことを、出会ったときから気にかけていた。

二度目に会ってもなおここまで、やり取りもわずかだし、親睦が深まるというほどでもないが、同時代を生きるある種の同胞であることはもう分かった。

ゴーゴーイースト
ニンニキニキニキ　ニンニンニン
ニニンが三蔵も　ニシンが悟空も

「……東に向えば夢のくニンニキニン」僕もあわせた。シンスケさんは自転車を漕いだまま首を曲げて薄く笑い、すぐに前を向いた。

あのプレハブ小屋に蓄えていた膨大な漫画、四十年近く前のパソコン用品。同じ時代に同時発生的に「いた」我々だけがたどったリボンがある。

二人だけではない。

ネットで仲良くなったが津波に呑まれて死んだ、実際には会えなかった友がいる。

それどころか、出会う前から死んでいたのに知らずに影響を受けていた学友の存在を最近になって知った。自分が通った中学校の、僕が入り浸っていたパソコン部は白血病で死んだ同窓生の父親の寄付で設立されたものだった。一学年九クラスもある長い廊下の端と端にいて、出会えず知り合わなかったその同窓生の死のおかげでパソコンを覚え、手に職をつけることになり、今もまあ生きている。

みんなかつて、ドリフの歌を歌っていたんじゃないか。

懐かしい歌や単語で「あったあった」と言い交わす中年同士のノスタルジーを、安直に発揮したくはないと普段はむしろ考えている。でも今、自転車を漕ぐことで生じる独特のリズムの中で、知らない同士の彼らを心の中でそっとつかの間、並べてみたくなった。

それだけだ。もしかしてシンスケさんも僕と同じパソコンを使っていたんじゃないですか？　気安く尋ねる気は今のところない。引きこもりの「こもり」っぷりに、敬意を払うというのはおかしいことかもしれないが、胸襟を開きあう瞬間はまた別の時にあるような気がする。

いや、別の時などない。突然、永遠に会えなくなってしまうかもしれないのだ。死んだ二者が教えてくれた真理もあるのだが。

「あ、シンスケさん、ここ右折です！」感傷に浸っていて行き過ぎそうになり、慌てて呼び止める。シンスケさんは妙にかっこよく斜めに停車し、ペダルをから回ししてから引き返した。二人、青梅街道を離れる。

自転車ってのはいいものだなと素朴に思う。バスも新幹線も、まちがえて乗ってもこんなふうに身軽に踵《きびす》を返したりできない。

ほどなくして本格的なビル群がみえ、やがて怪獣のように大きな都庁が姿を現した。「野分《のわき》後の少し古びて新都庁」とは誰の俳句だったか。新といわれながらもう何十年も経つ、あの有名な建物だ。これまでなんの用もなく、五十歳にして初めてやってきた。

「いないなあ、人が」武上さんはぼやき気味につぶやいた。レンタルサイクルの返却場所とバイクの駐車場は隣接していて、すぐに合流できた。

都庁のそばは寒く暗かった。それはそうだ。これだけ幅と高さがあって、日陰にならないはずがない。

「で、どこから」

「うん、第二本庁舎の、一階北側入り口って書いてある」地図を覗き込むように三人で書類に顔をくっつける。脇に［閉庁日のため他の入り口からは入れません］と添え書きされていた。

「だからか。閉庁日だから、誰もいないんだ」あたりいったい静まり返っている。戦隊ヒーロー番組の戦闘シーンを思い出させた。無数のザコと乱闘する場面の撮影にちょうどよさそうな、都心ぽさと人のいなさとが両立していた。

閉まっているから人がいないというのは道理なのに、そんな馬鹿なという気がする。デザイン事務所にいたころ、差し替えのデータをMOに入れてじかに納品しにきた休日のオフィス街が閑散としていて、面食らった。スタジアムの空席も、試合をしていなければ客がいないのは道理なのだが、いいのかな、と変な気分になるものだ。そういう違和感が今、この都庁の真下にいる三人を包み込んでいた。

「で、今いるここは一階なの」武上さんは老眼鏡を外して周囲を見回した。

「分からん」そういえば、新宿駅から都庁方面に歩くとき、地下道だ。都庁そのものに来たことはないが、地下道がそのまま都庁につながっているのだとしたら、それは地下一階だろうか。

我々はビルの四囲をぐるりとめぐることにした。途中で階段があって下に降りられる。「俺こっちいってみる」二手に分かれたが、そうすると再度の合流はかなり先の時間になると思えた。それくらいに広いのだ。

最初にたどり着いた入り口のガラスの自動ドアはまったく動かない。閉庁日と立て札もある。電話が着信して、トランシーバーを取るみたいな気持ちで耳に当てる。

「ひれえなあ」武上さんの声だ。スピーカーのアイコンを押し、シンスケさんにも聞こえるようにした。

「下、入れないや」

「上の、最初の入り口も違ってました」

「きしょうめえ！」憤りを隠さない。ちきしょうめ、という意味かと思ったら「あいつ、許さん」と続け

「違いますよ、丹下健三ですよ都庁は」シンスケさんが訂正した。黒川紀章を呪ったのか！　仮に設計が黒川紀章だとしても、建築家が大きくしたくてしたわけじゃないだろう。チキショウメと紀章めで図らずも発生したダジャレも含め、ハハハと笑う僕の声がビルの壁で反響した。それから不意に疲れを意識した。

四キロの荷を背に自転車を漕ぎ続けていたのだ。シンスケさんは表情を変えずに淡々とビルを巻いている（巻くといっても、ほぼまっすぐ歩くのだが）。ビルの一辺のちょうど

真ん中あたりは大きく凹んでいる。凹みの左側にいかにも扉がありそうな四角い切れ込みがあって、シンスケさんがすっすと近づいていく。僕はスマートフォンで写真に撮った。ビルのてっぺんと地表のシンスケさんと、どちらも入るようにするには大きくかがまなければならなかった。

「違いました」切れ込みまで覗きにいったシンスケさんが淡々と告げる。第二本庁舎のぐるりを長い時間をかけて一周し、結局分からなかった。

書類に書かれた番号に電話をすると、警備員（みたいな風体）のおじいさんが迎えに出てきてくれた。閉じていると勘違いした横に広いガラス戸の、端から入れたのだ。こんなの、分かるかいと悪態をつきながらにわかに元気に入場する。

入り口脇に看板のデザインの新しいコンビニが開いていていてそこだけ明るく、あとは外の曇天と同じような暗さで、一階もまた閑散としている。

「地下かあ」と武上さんはつぶやき、下り階段に歩く。

「こーんな高いのに」シンスケさんは即座に意を汲んで言葉を添えた。こんなに高くしつらえているのに、登らせてくれないんだ。

「いや、別に意地悪で地下にしたわけじゃないでしょう」

「分かりませんよ」シンスケさんの薄笑いも見慣れてきた。

「それに、別に高いところだったらよかった、とか思ってたわけでもないでしょう？」

「いや、鑑定終わったらおのぼりさんみたいに展望台にのぼろうとさえ思ってたのになあ」あ、それはそうだ。僕も妻に新宿都庁からの眺望を送って自慢しようと思っていたのに、閉庁日は出来ないのか。

壁に貼られた案内に従って入室すると、大きな集会室のような広さで、会議机をつなげて三つのブースが設けられており、三人の鑑定家が座しているのが分かった。

入り口右手の受付で書類をすべて出してみせて、武上さんがお金を払う。お金がいるんだ、と思う。受付でギターケースを開ける必要はないらしい。

三つのブースと向かい合わせになる形で折り畳みのパイプ椅子が並んでいて、何組かが刀を手に座って順番を待っている。病院や銀行の待合のムードで、静かに座る中に三人で混ざる。

なんだか、驚く。だって、さっき、都庁を一周したとき、長い得物を持った人と一人も会わなかった。先客たちの手元の荷をみれば、どれも由緒ありそうな布にくるんであったり、桐箱に収められている。

「こんなケース……」

「うちだけだな」

「皆、迷わずにビルに入れたのかな」

「さっき、ビルを一周して、あんな荷物の人、誰とも会わなかったよ」

「皆、車で来たんだろう」

「うちだけか、必死にチャリンコ漕いで」僕は「うち」の人間ではない手伝いだが、もう完全に武上家の者として笑いあう。

三人の鑑定家の一人、左のブースにいるのはドラマや漫画に出てきそうな、白髭、和装の老人だ。鑑定家のコスプレみたいにみえて笑いを抑えるのが難しい。横に立つ助手は若い男性で、和装ではないが神妙な顔つきでいかにも恭《うやうや》しい。真ん中はスーツ姿の男。横には若い女性の助手。右はゴマ塩頭の古書店主みたいなチョッキの老人。やはり助手が立っていて、刀剣の柄を刀身から取り外そうと木槌をつかっている。コーンコーンと音が響く。

「柄を取ると銘がみえるから」武上さんがいい、シンスケさんが頷く。もっともらしい顔で銘を確認し、書類になにか記入している。ブースに対面している依頼主は鑑定士の説明の言葉に神妙そうにうなずき、頭を下げている。写真撮影禁止、と壁に貼られていて残念だ。

どのブースでもコーンコーンと記入と説明がばらばらに繰り返されていて、このタイプの刀はこの人、このタイプならこっちの人という分かれ方は特にしていないのらしい。

「何番？」シンスケさんが問い
「ん」武上さんが紙片をみせてくれる。33番。手が空いた鑑定士が番号を呼ぶ、銀行の受付と同じやり方のようだ。

「あの、和服の人に当たるといいですね」それが一番派手で面白そうだ。

「いや、真ん中の人だな」と瞬時になにかをみてとった風にシンスケさんが顎に手をやりながらいう。これも僕が思うところの往年のオタクの人特有の、反射的な「逆バリ」だ。

右の助手のコーンコーンが妙に長い。刀の状態によっては抜けないということがあるのだろう。ブースの背後から真ん中の助手に歩み寄り耳打ちし、スプレー缶を借りてきてシューッとやりだした。

クレ5－56だ。あれ、使うんだ。刀の世界でも。ねえ、と横をみると二人とも笑い気味に頷く。

結局真ん中の人に番号を呼ばれ、四本の刀は淡々と鑑定された。鑑定結果を僕が聞く必要はもちろんないのだが、二人の背後に立った。ここまで十キロも自転車を漕いで届けたのだ、という、よく考えたら別にどうでもいい自負が芽生えていた。

最初の見立て通り、由緒あると鑑定されたのは一本で、あとは骨董的価値のつかない量産品で、その場で没収されることになった。

骨董的価値と別の個人的な思い出なんかがあったらどうするんだろうと思ったが、武上さんもシンスケさんも没収に異議を唱えない。一本だけになった刀をシンスケさんが釣竿入れに戻す。

「では僕はこれで」シンスケさんは手刀を切った。手を差し出すので、ふにゃふにゃになったギターケースを渡す。

「昼ご飯食べに行こうよ」

「いやあ僕は大丈夫です。叔父さんの世話になるわけにはいきません」

「世話になるとかそういう話じゃないのに」といいながら、武上さんは強く引き留めない。刀の登録を手伝うために公の場に顔を出すことと外食は、彼の中では別カテゴリになるのらしい。

さっきまで発揮された親密さとは別の、彼なりの付き合い方があるのか。一般に引きこもりというのはものすごく長期間、誰かの「世話になってる」人のはずなのだが、他人の家の話だ、なにも分からない。武上さんが引き下がったのなら、僕にいえることなどない。

「帰りはのぼりだから気を付けて」せめて声をかける。今、やってきて思ったが、青梅街道はずっと緩慢な坂で、行きは下りだから楽だったのだ。

「そうですね、ゆっくり行きます」

「本当にお疲れさん」

シンスケさんを見送り、二人で柱が規則的に立つ地下の出口から駅の方に歩いた。コンクリートの柱は柱といっても一本が四畳半くらいありそうで、それはビルの大きさからしても道理なのだが、その柱の脇から人の列ができている。釣り人の使う小さな椅子に腰かけて、年季の入ったキャップをかぶった男を先頭にして、段ボールで場所だけとって不在の場所を挟み、手持ち無沙汰にスマートフォンに目を落とす女、やはり折りたたみ椅子に腰を下ろしてスポーツ新聞に目を通すおじさんなどがいる。まだ開いていないないにかが開くのを待っている体だ。

「なんの列だろう」

「分からんが、なんか、ギャンブルっぽいな。宝くじか」

「たしかに。G1レースでいい席を取りたい人が三日くらい前から並ぶの、テレビのドキュメンタリーでみましたよ」

「でも、閉庁日でしょう?」

答えが分からないので代わりに、という感じで、武上さんはシンスケさんのことを少し話してくれた。高校を中退して、父親と喧嘩して家を出て、しばらくは弟と暮らしていたが、あるとき弟ともなにかで揉めて家を出て、それからプレハブに隠れ住んでいた。実際に住んでいたのは三年くらいだそうだ。

「母親はまだ健在だけども、先は分からないよ。今日、俺ら仲良さそうにみえただろうけどさ、シンスケはあれで牽制してるのよ。実は大して残ってない遺産でずっと生きていくつもりだから」

「そうなんですか」

「兄の遺言がさ、もろもろ弟の俺に任せるって感じに書かれててさ。それで、叔父さんの世話になりっぱなしでイニシアチブは取らせませんよっていうさ」

「うーん」今日少し会話しただけのわずかな印象で、そんなことはないんじゃないですか、なんてことは到底いえない。今回だって、僕のように単に「刀の鑑定が面白そう」だから同行したんじゃないですか、などとは。よその家の問題は都庁の柱のように太く硬く感じられる。

「あいつ、高校中退だけど、知恵は妙にあるんだよ。相続のこととかも詳しくて……って、そういう風に口にすると、こっちがめついみたいになっちゃうけども」

「でも、なんか今日、武上さん、楽しそうだったじゃないですか」それでもつい、口を出してしまう。

「あ、そうかな」素直に嬉しそうな顔になったので僕はほっとした。

「あいつとまた会ってあげてよ」友達のいない子の親みたいなことを今度は言い出した。

「え、でも」連絡先も知らないし、理由も、方便もない。

「また、今日みたいな変な話が出てくる気がするしさ」

「まあ、別にいいですけど」

「あ！」武上さんは立ち止り、天井にあ、が反響する。

「関係ないけど思い出した。君さ、昔『みゆき』ってアニメのレコードうちで買ったろう。あれをほしいって言う人が現れたんだけど、売る気ないかい？」武上さんのレコード屋で初期に買った一枚だ。あれは今、実家じゃないか。

「探してみます」とだけ答えたが、大事にとっておきたいものか手放してよいか、自分でも咄嗟に判断がつかない。

しばらく行くと「最後尾」という札をもった誘導員らしい男とすれ違った。これから本格的に形成される行列を監督する者だろうか。

「なんなんだ?」にわかに好奇心が湧いたらしい、武上さんは小走りで、さっきの男のところまで話を聞きに戻った。

見送って、スマートフォンを取り出した。「フォト」アプリの写真の中の、喫茶店の二人をみた。みあげる都庁と、閑散とした都庁下を歩く叔父と甥の姿。凹みを中心にみあげるビルは、ビルではなく無機的な直線の道のよう。映画『スター・ウォーズ』のデス・スター、あれに設けられた溝を彷彿とさせる。あとで送ろう。

リマインダが、友人の亀谷さんの漫画の発売を知らせた。自分であらかじめ入力した[フラゲ日]の文言がある。一緒に取材してからずっと執筆に悩んでいるようだったが、ついに新作が出る。あとで書店に寄ろう。

長い上り坂を、電動アシストもないママチャリをせっせと漕いでいるシンスケさんの不自由を思う。レンタルサイクルは830円だった。さっと乗り捨てて身軽に手ぶらで書店に寄り道でき、電車に乗って帰る自分は、その差だけみればとてもスマートだ。でも、大した差はない。同じ人形劇の歌を覚えて、死なずに生き残っていて、生き残れたらどうなったかというと、ビルの下でくたびれて、ヒートテックの内側で汗が冷えている。

戻ってきた武上さんに、なんの列でしたか？　と尋ねる。武上さんはすぐに答えなかった。もう一回尋ねようとしたら——多分わざとだったろう、過剰に批評的な意味や感情を持たせまいとする——平坦な口調を作っていった。

「食料の配布だって」

ああ、と僕の相槌も平坦になった。いつか新聞で読んだ。都庁で困窮者に食料配布を開始してから、列がどんどん伸びている、と。ここ、、がその都庁だ。二人で遠い列をみた。

僕たちの保存

「泣いてんの?」と声をかけると、それには答えずに「すごくいい話ですね」と亀谷さんは返事をした。

亀谷さんは助手席にいて、後部座席からでは首をうんと動かさないと顔がみえない。泣いてるのか、泣いてないのか。

かつて僕の通った中学に、パソコン部ができたいきさつを語ったのだ。

「同じ学年のカギヤマ君って子が白血病で、中二の二学期末で亡くなってしまってね。それで、そのお父さんが、息子の趣味がパソコンだったからといって『同い年の学友の皆に、息子の分もパソコンを学んでもらいたい』って何台か寄贈して、それでできた」

令和の今、学校にパソコンが常備されていてプログラミングを学ぶのは自然なことだろうが、一九八〇年代半ばに「パソコン部」のある学校なんて——工業系でもない限り——ほとんどなかったはずだ。

他者から「すごくいい話」といわれて初めて、そういえばそうかもしれない、いや、めちゃくちゃいい話じゃんか、と自分で話したことなのに逸話の価値が急に高まった。

自分が在籍した部のことだから、聞いたときには多少は敬虔な気持ちになったし、いい話だと思わなかったわけでもないのだが、驚きがまず先に立ってしまって、泣くほどの感動を僕はしそびれていた。

若い子を失くした親御さんの気持ちは、よくよく考えてみればとても切ない。寄付なんかしたところで、と思ったに違いないし、だからこそせめて金額をかけないとやりきれなかっただろう。切ない気持ちの持って行き場をなんとか探っての、そのときだけの遺族のふるまいだ。

パソコン部に在籍していたというのに、逸話の全体（死んだ子の姓名であるとか、亡くなった時期といった詳細）をちゃんと知ったのも最近のことで、つまり五十になるまで三十五年間、ずっと感動しそびれてきた。

美談ぽさを覆っているのは、やはりパソコンだからだろうか。

早世した我が子の分まで野球をやってほしいとグローブを寄贈したとか、音楽をやってほしいとピアノを寄付したとか、それと同じことなのに、物がパソコンだとなんだか感動しそびれる。活発にボールを追いかけ、美しい音色を奏でる子供らには自動的に予見できる向日性、健全性が、暗い室でキーボードをたたく姿からはどうも希薄であることは（自分が部に在籍していたときの様子を思えばなおさら）認めざるを得ない。

だから、グローブやピアノと同じようにパソコンを受け止めて即、泣き声になる亀谷さんにも少し特殊なものを感じ取るが、単純に世代の違いかもしれない。下の世代にとってのパソコンはグローブと同じ道具なのだ。

死んだ我が子が好きなものが「何」だったら、亀谷さんも「……あー、そうですか」と微妙な相槌をするだろう（『死んだうちの子はところてんが大好きで。せめて、ところてんを押し出すアレを同年代の子らにもぜひ……』）。

「カギヤマ君とゲンさんは、仲よかったんですか？」亀谷さんはやはり落涙したっぽい、湿っぽい声音だ。

「それが全然知らない子なのよ」

「へえ」座席の隙間から少しだけ横顔がみえた。

「僕の年代は人口が多いからさ。一学年が九クラスくらいあって、教室も遠く隔たってたし」パソコン部設立の経緯だけなんとなく把握していたものの、薄情にもカギヤマという名さえ知らずに部室に入り浸っていた。知ったのはつい最近のこと。

「ゲンさんってのは、誰？」運転中の武上さんが口を挟んだ。

「あ、僕のことです」インターネット上であるときに付けられたあだ名で、亀谷さんとあと数名しかその名で僕を呼ばない。さっき境内で三人落ち合ってからも、ああどうもとか久しぶりとか言い合うだけですんで、その後も名前をわざわざ呼ぶ必要がなかった。

「ゲンさん……ゲンさん？」馴染まなさを口中で味わうかのように武上さんは復唱してみている。過去のあだ名を、それを知らない人に知られるのは、若いころの写真をみられるのに似た気恥ずかしさがある。ＧＥＮというアルファベット三字に別の意味を当てていたのだが、どんなでも、意味を当てるということ自体に恥ずかしさはある。

「ファミレスで本当にいいんですか」

「いいよ」「いいよ」中年と老年、男二人の声がそろった。

我々は布多天《ふだてん》神社で落ち合った。第二日曜日に開催される古物市に武上さんは出店し、僕は彼から頼まれていたレコードを渡しに、ＳＮＳで武上さんの出店を知った亀谷さんは市の物色がてら顔をみせた。

亀谷さんとは昨年の十月に石巻に旅行をした。武上さんとは手伝いで先々月に会っていた。しかしこの三人で同時に会うのは久しぶりのことだ。三人そろってみたらすぐに小雨がぱらつき始めた。市は雨が降ると早々に店じまいとなる。特に積もる話があるわけでもなかったが、せめて一緒に昼飯でも食べてから解散しようということになり、亀谷さんが近所の店を検索してナビをすることになった。

「パソコンを何台も寄贈って、豪儀な話だな」僕のあだ名の由来について特に続きをうながすことなく、武上さんは続けた。

「きっと、今よりもっと高いですよね、昔のパソコンって」

「カギヤマさんちは地元に一店しかなかった、割と高級な婦人服店を経営してる人で、儲かってたみたいですよ」

「婦人服店でねえ」

「町に一台しか走ってない、かっくかくのボルボに乗ってたって」パソコン部の由来を知ったのもついこないだのことで、カギヤマ家に詳しくなったのもそのときだ。

「かっくかくの」反芻して亀谷さんが笑う。その擬態語も、教えてくれた友人、渡君の話したまんまの受け売り（？）だ。

「その中学に今でもパソコン部はあるんですか？」

「どうだろうなあ」思いついて、スマートフォンのブラウザに中学校名を入れて検索してみる。読み込みに時間がかかっていて、画面がなかなか切り替わらない。

「あ、下から取ってくれる？」武上さんは亀谷さんに左手で足元を差した。

「これですか」助手席の足元からビニール袋を引っ張り上げ、ペットボトルのお茶を取り出す。蓋を開け、ちょうど赤信号で停車したタイミングで、武上さんに手渡した。

「これをぴったり置けるのがよくてさ」ドアについたホルダーにペットボトルを入れたのだろう、亀谷さんに自慢している。既視感というのは大げさだが、前も聞いたぞ、と思う。前にこの車の助手席に乗ったとき、同じことを言われた。あのときは買ったばかりだったろうが、まだドリンクホルダーのよさを嬉しがる気持ちは減じていないのか。少し呆れる。

「なんか、こういうの……とかは全然、いらないんだけどさ」と続けて、二人の間にあるカーナビを腐しているのだと分かる。モニターのついた最先端のなにかよりも、飲み物を水平に倒れないように置けることの方に文明の意義を感じている。使い方の分からないカーナビとの比較もあって、嬉しさが高止まりしつづけているのだなと推察する。

うん、うん、いいですねと肯定の相槌をうっている亀谷さんにも、また別の既視感を抱く。

僕もまた、横の座席から、むやみに肯定の相槌を受けた。前の旅行時、新幹線の切符を忘れて東京駅までいってしまった僕を、亀谷さんは優しく心配し、ねぎらってくれた。正直、自分が一番、自分を責めたくなるようなミスだったから心配やねぎらいなど分不相応、過分な扱いと思われ、面映ゆかった。

「たしかに、実家の車のドリンクホルダー、100円ショップのをつけたけどすぐに取れちゃいましたもん」などと、僕も似たことを思ったが特に言わなかった「例」まで添え、武上さんの得意な気持ちに加勢している。誰にも気を遣う優しい人と知っているが、前に自分が受けた大袈裟な励ましを後部座席からみたらこんな感じだったか、とも思う。

車はT字路を右折し、長く続く立派な土手と並走しはじめる。雨はやみ、空をみれば雲の上の太陽光が感じ取れるようになってきた。土手を埋める雑草が早春の緑に色づき、上の道をジョギングする人が散見され始める。

「このへんって、あれですかね……」

「なに？」

「このへんって、もしかして映画の花束みたいな……『花束みたいな恋をした』の舞台じゃなかったでしたっけ」亀谷さんは土手をみているうちにふと思いついたというように切り出した。

「そうだっけ」少し前に若者の間でヒットした恋愛映画だ。

「つげ義春の『無能の人』の舞台だよ」武上さんは前を向いたまま別解を挙げた。

「そうだっけ！」前と同じ相槌の繰り返しで、声量だけがあがり、座席の隙間から亀谷さんが首を曲げてこちらをみた。

「そうだよ、さっき通り抜けたのが、主人公たちが暮らした団地」

「え、あ、そうなんだ」振り向いても無駄と知りつつ、首を曲げてしまう。

土手で見えないが、この向こうの河原で石を売っていた男の漫画の舞台がここで、映画の中で菅田将暉と有村架純がオシャレに歩いた土手もここ。しばらく亀谷さんと二人、あぁとかへえと声をあげていると
「みてみる？」と武上さんはハザードをつけて土手沿いに車を寄せた。なんだか分からないが若者が二人して盛り上がり始めたから、確認したければしておいでという風で、不意の若者扱いの発生に少し戸惑ったものの、せっかくだから外に出てみることにする。

バタン、バタン。

複数の人が相次いで降車して、車のドアの音を響かせるとき、映画のワンシーンみたいだと必ず思う。

「なんだったんだよ」空を仰いで武上さんがぼやくのは、出店をたたまなければいけなくなった、さっきの雨に対してだろう。今や太陽が射し、三月の春らしい陽気だ。土手の腹に階段がついていて、三人でのぼると広い川が視界に入ってくる。武上さんが腰に手をやっている。

「大丈夫ですか、腰」先々月など腰をかばって、車より負担がむしろないからとスクーターで移動していたのだ。

「だいぶよくなってる」手で払う仕草で心配を打ち消してみせるので、信じることにするしかない。

「わあ」不意に姿を現した大きな川に亀谷さんは声を弾ませた。土手の向こうはいきなり河川敷ではなく、広い歩道が遠くまで並走しており、そこにもまたジョギングしている人の姿がみえる。

「この河原か」「ここかあ」若者の声が揃った。

漫画『無能の人』の主人公は、河川敷で石を売っている。あらためてみてみると分かるが、河川敷は石だらけだ。ふふ、と笑いが漏れる。

「じゃあ、競艇場でしたっけ、競馬場だっけ、それもこの川沿いにあるんですか」亀谷さんの方は恋愛映画の場面を想起して感慨に浸ったのかと思ったが、同じ『無能の人』のことを尋ねた。

「ボートレース場は今もあるよ」武上さんは川の上流の方をみやりながら答えた。亀谷さんは漫画家だし、つげ作品は基礎教養といえるだろうか。たしかに、主人公が小銭を稼ぐため、川を渡って競輪場に近道したい客をおんぶして運ぶバイトをする場面がある。

亀谷さんがそっちに思いをはせたからバランスをとるのもおかしいが、僕は萱田将暉と有村架純の出演した恋愛映画を思い浮かべる。うろ覚えだが、さっきの見通しのいい土手をパンかなにか買って二人むつまじく散歩していた気がする。日当たりよく、車がうるさくない、いかにも幸福なムードの道だ。萱田将暉演ずるところのイラストレーターはすぐに無料の「いらすとや」に仕事を奪われてしまうが、そりゃあそうだろう、と見通しの甘い若者をついつい厳しい眼差しでみてしまった。自分の仕事で付き合ったことのある、活躍しているイラストレーターたちからは絵柄の素敵さなんかとはまるで無関係の「ド根性」みたいなものを感じ取る。仮に就職して残業続きでも描くのをやめないような人たちばかり。あの映画もある意味での「無能の」人のことを描いていたのだ、と舞台の重なりに符合するものを不意に感じ取り、一人でしみじみする。

三人しばらく佇み、小石を拾ってみたり、どこかの誰かが川をわずかでもせき止めようとこさえたらしい手製のダムのくぼみを覗き込んだりした。一番先に飽き、車まで戻る足取りを途中でとめ、振り返ると川面の光が遅れて歩く二人をシルエットにしており、花束みたいとまでは言わないものの、なにか劇的な存在にみせる。

スマホをかざし写真に撮ってみるが、画面の中の二人はさほど素敵にならなかった。さながら老いた親と娘だ。

そういえば、我々は十年近く前にもこんなふうに車のドアをバタンバタンと音立て、用のない土地に降りたことがある。さっきまで後部座席にいて思い出さなかったのは、座る位置が十年前と異なっていたからか。

亀谷さんがレコードプレーヤーを買いたいというので、僕が武上さんの店を紹介したのだった。当時の亀谷さんはまだ漫画家デビューしていない、ただのアシスタントだったし、武上さんは今の店よりもまだ少し東の西東京に店舗を構えていた。

プレーヤーだけあってもレコードは聴けない。アンプとスピーカーとケーブルが必要で、それぞれに組み合わせの妙がある。

亀谷さんは初心者なのに、「オーディオマニアは怖い（人が少なからずいる）」という知見だけはすでに得ており、レコード環境を欲しがりながら臆してもいた。武上さんの店はレコード盤だけでなくハードも扱っていたし、それに武上さんは優しいマニアなので（それでも、どこそこのプレーヤーは選ぶなよ、とか矢のような語調で念を押してきたりするが）、趣味としてレコードをスタートさせる際のアドバイザーには適任だ。

スピーカーと小さなアンプとを見繕い、当時の亀谷さんのアパートまで運ぶ、その車がエンコした。ボンネットから煙が出て、高速道路の路肩に寄せた。

幸い道のすいている時間帯だったので、武上さんは運転席からそろっと降り、我々は左のドアとガードレールの間に足をねじこませた。スマホではないケータイでレッカーを呼んだ。

そういえばあのときもつかの間、映画のようだと思ったな。

被災や事故が集った人の気持ちを一つにするということがあろうが、あの程度の——レッカーがやってくるまでのせいぜい二時間くらいの——トラブルでも、三人の間に親密な仲間の意識が芽生えた気がする。亀谷さんは初対面だった武上さんに対しての信頼や興味がレコード機器購入後も持続しており、その後会う機会がなくとも、武上さんのＳＮＳをフォローしてその投稿に、いつも一番か二番目に「いいね」をつけている。

調布のファミリーレストランの、駐車場には停めることができたが入り口には待ち客が大勢おり、記入した紙をみるに六組待ちだ。他を探すのも面倒で、目配せしあったうえで順番を待つことにする。

「そういえば、中学のパソコン部はどうなったんですか？」

言われてスマホのブラウザをみると検索結果が出ていた。僕の通った中学校は十年以上前に閉校されていた。

「パソコン部、今はもうないらしい。ていうか、中学がもうない」伝えると二人ともから嘆息と納得の混じったような「あぁ」という感じの声が漏れる。どこも少子化で統廃合、よくある話題だ。

「校舎も？」

「それは、そこまでは分からないけど」活気のない街だったし、取り壊して新たな建物を作るような経済力もなさそうだ。

「居抜きで、校舎をＮＰＯ法人がなにかの施設にしたりしますよね。道の駅にした話を聞いたことありますよ」

「そういう元気も……あるかなあ」

「かっくかくのボルボに乗ってる人の店は今もあるのかな」

「婦人服店のねえ。どうだろう」渡君に聞けば分かるかもしれないが、わざわざショートメールを送るのもためらわれた。

今や両親も住んでない町だ、現在の気配が分かるわけがない。雑草に包まれたただっ広い校庭とその奥の校舎を思い出してみようとするが、特に特徴のない建物だったはずだ。

代わりに脳裏に浮かんだのは昨年の、亀谷さんたちと数人で取材した、石巻の大川小学校の校舎だ。みた順からしても、その状態からしても、記憶に残るのはそっちの方。校舎は被災してなお特徴的なデザインが面影を留めていた。我々は広い校庭をただただ歩き回り、皆が寡黙になった。

災害や戦争などで大きな被害にあった、あのような象徴的な建物は「遺構」として保存される。自分の母校は災害でなくなったのではない、ただ閉校になった。だから保存されることはない（だろう）。特に寂しさも感じないから別にいい、というか、一人一人が寂しさを感じないことが「保存されなさ」につながってもいるわけだ。

そのことに文句はもちろんない。でもとにかく、その扱いの差に対して、なにかの「仕組み」に抱く不思議に似たものを感じ取る。

亀谷さんに尋ねられ、ゼロに等しかったはずの興味が発生した。その興味には、夭折した我が子の分もとパソコンを寄付したどこかの父親の「気持ち」が関わっている。その美談は少なくとも時空を超えた今も亀谷さんの頬を濡らし（というほどに泣いたか、みてないから分からないが）、僕の、母校への興味が上書き保存された。

亀谷さんが先月の漫画雑誌に発表した読み切り漫画に、大川小は登場しなかった。震災にあった少女の十年を描く短編だが、絵としては別の（門脇）小学校前の景色と、現存する高校の通学路が使われただけ。坂道を含めた現地の気配を描いただけでも取材の意味はあったんだろうが、彼女の内で発揮された逡巡をも感じ取る。

「今日はゲンさんと武上さんはなにか用事があったんですか？」席に案内され、着席したところで亀谷さんは尋ねた。最近の僕がたまに武上さんの仕事を手伝っていることはSNSの書き込みで把握しているだろう。

「いや、今日は手伝いとかはなくて、レコードを一枚渡すだけ」注文が届くまでの話のタネになると思い、いったん駐車場に出て、後部座席からレコードを一枚持って戻った。

『「みゆき」のイメージアルバム』手渡すと、亀谷さんは両手でそっと受け取ってしげしげとジャケットをみつめた。あだち充の描くおなじみの女の子のアップ。さすがあだち先生、イラストレーションとしてもしっかり「持つ」造形だ。

「ひところ、アニメのイメージアルバムって流行ったのよ」武上さんが古レコード店主としての職業的な知見を述べる。『宇宙戦艦ヤマト』のブームのころから始まったのだという。

「八〇年代のあるときまでで、その後、そんなに出なくなった」

「なんででしょうね」

「なんでだろうなぁ」

アニメがどんどん増えていったからか。あるいはビデオデッキが普及したから。マニアたちは音だけのものより、映像もそなわったビデオを買い求めるに決まっている。音声だけのレコードで所持したいと欲する需要は減っていった、といったところではないか。

しかし、ビデオが普及してない場合。映像は我が手にできないのなら、せめて声だけでも手元に残したい。改めて考えると、なんだかそれは涙ぐましい「欲」だ。

武上さんは大きな紙のメニューをめくりだし、亀谷さんはまだレコードの裏面を眺めている。僕は傍らに備え付けのタブレットを手に取って人数を入力した。

「この、B面の『コンピュータープログラム』ってのは？」

「いつか話した『カセットテープにプログラムが入る』っていう、まさにそれよ」

今ここに持ってきた『みゆき』のイメージアルバムのレコードはB面がまるまるプログラムデータで、MSXパソコンで読み込むことでCGがみられるのである。ある時期にしか作られなかったというアニメのイメージアルバムの中でも、プログラム入りはかなりの珍盤ではないか。

「俺、これ」と武上さんがメニューのハンバーグを指さした。

「ドリンクバーは……あ、いると」自分はチキンジャンバラヤの脇についた唐辛子のマーク二本を気にしながらもドリンクバーとともに入力し、端末を亀谷さんの傍に置いた。

「じゃあ、普通にレコードプレーヤーでかけることはできない？」

「できるけど、プログラムの音がするだけで」

「プログラムの、音？」武上さんは細長いメニュー越しに僕をみつめてきた。プログラムの音という言葉というかフレーズに、詩的なものを感じたようだ。

「ファックスの音と同じですよ」夢を打ち砕いて悪いですが、という調子で教える。かつて石巻の駅前でカセットテープにプログラムが録音できると説明した際に亀谷さんがみせたきょとんとした顔。それに似て、でも少しばかり訝し気な武上さんの顔。二人を惑わせる事柄が現物のレコード盤になってここにある。

「てことは、あれですか。ファックスの音を録音して、それを別のファックスに聞かせたら、同じ画像が出力されるってことですか」タブレットをいじりながら、亀谷さんが尋ねる。

「『ファックスに聞かせたら』」思わず反芻して笑う。

武上さんが――ドリンクバーだろう――席を立った。混雑ぶりを横目に認め、交互に出向くことにする。

「原理的にはもちろん可能」

ふうん、と亀谷さんはいい、電子メニューを前に思案を始めた。自分たちが着席したあとも店内は混んだままで、入り口をみれば待ち客がなおも控えている。

SNSを確認すると、友人知人たちの動向が次々と表示される。透析を受けている人が固定されたむき出しの腕の画像を、小鳥を飼っている人がその鳥の様子をアップロードしていた。どちらもルーティンになっていて見慣れたものだ。

デモの参加を呼び掛けているのは松原さん。石巻に同行したカメラマンだ。普段から政権与党への批判の言葉や差別への無理解に怒る書き込みをし、自分と同じ主張を持つ誰かの言葉を「拡散」し続けているが、ウクライナが侵攻されてから、常にも増して悲壮になった。

戦地の凄惨な様子を伝える動画に「吐きそうだ」とコメントが添えられ、続く書き込みではデモの告知を「連投」している。

顔をあげると亀谷さんもスマートフォンに目を落として悲壮な表情になっている。さては同じ松原さんを「フォロー」していて、同じタイミングで今それをみているなと知れる。石巻旅行のときに初対面で、同じように夜遅くまで飲み明かし交流をもったから、二人ともが彼を「フォロー」した。同じ時刻にみたら同じ投稿を目撃するのは道理だ。

武上さんがティーバッグの糸を垂らしたままのカップを持って戻ってきた。武上さんも我々の所作に倣うようにスマートフォンを操り始めたが、彼のSNSにはそれは出てこない。入れ替わりに立ち上がり、ドリンクバーでコーヒーをいれる。

カップを手に戻る途中で立ち止まり、少し遠くの四人掛けの席で談笑する二人を眺めた。レコード盤を胸元に寄せ、亀谷さんが歯をみせて笑っている。武上さんが身振りを交えてなにかを弁じている。さっき河原でもそうしたように、スマホを横向きにかざし、二人の姿を画角に収める。

レコードで知り合った先輩と、インターネットで知り合った友人と、別々の付き合いから引き合わせた二人が、また次に会うのはいつだろう。二人がともにいることが不意に尊いものに思われたのだ。

二人とは調布の駅で別れた。亀谷さんの乗り換えの都合の良い駅まで乗せていくというので車を見送った。

仕事場に帰宅し、友人からの頼まれごとを片す。友人の子供が描いた絵を、エプロンに転写できるように加工するのだった。

「画用紙に描かせたデータをスキャンして送ったら、布の色の上に画用紙の白がのっちゃう風にしか作れないっていうんだよ」なるほどね。妻の誕生日プレゼントに間に合わせるための納期が明日だといっていた。

素人からの頼みごとにも立派に「納期」はある。不思議ではないのだが首を傾げ気味にデータを呼び出す。子供とそのお父さんらしい人とお母さんらしい人と、三人が野原を行進している絵だ。お父さんは重いリュックを背負い汗をかいている、お母さんのそばには音符が添えられているから歌を口ずさんでいるのか。しんがりの子供の手には風船が握られていた。

画像データのサイズを確認し、新規にレイヤーを作り、マスクして絵を切り抜く。僕は組版のデザイナーだから画像加工は本来は専門ではないのだが「それくらい」できるだろうと思われるし、簡単なことならできることもたしかだ。チラシとかフリーペーパーのデザインをこなすうち、なんだかんだで覚えさせられてきた。

この、キャラクターが持っている風船の中は白なのか、地の色なのか？　描いた子供の塗り忘れか、わざとか。透明の風船でいいのか？　白い風船ってあるか？　子供の絵でも「作者」の意図を尊重しないといけないという職業意識が働き、作業の手を止めて友人にメールを書きかける。入れ替わりのようにGoogleから、クラウドの保存容量の上限に迫ることを促すメールが届いた。

うわ、と思う。市民税の通知などと同種類の嫌さを抱かせる通知だ。昨年、頻繁に届くこの告知に、武上さんも苛々していた。今日撮影の多摩川とファミレスとで溢れたか。Googleの有料のプランに加入すれば、スマートフォンのバックアップ容量は15ギガバイトが100ギガバイトになる。

世にデジタルカメラが広まったころ、バックアップを手動でするのが当たり前だった。そのころはしていたバックアップを最近はしていない。早晩、Googleから警告が届くのは自明のことといえる。

だのに、うわ、などと迷惑気味に思うだけで、打開しようという気持ちが起きない。いつか武上さんにも「そんなの放っておきなさいよ」と言いそうになった（言ったんだったか）。

どの写真も、それを撮ろうという気持ちが生じてシャッターを押したことはたしかだ。でもそのどれも、是が非でも撮りたかった、でもない程度のものだ。Google社が警告をやめて、古い順から消しちゃいますね～とかやったら、もちろん世間の誰彼からは猛批判があるだろうけども、そういうルールでもまあいいかと納得してしまいそうな自分がいる。川沿いやファミレスにいる友人たちの姿がいつか消えてしまうことを、残念に思わないわけではない。残念に決まっていながら、あらかじめ手放している。『幸せではないが、もういい』というペーター・ハントケの小説の邦題（中身は読んだことない）の、後ろ向きな言葉と矛盾するのだが確実に宿っているかすかなポジティブさを思う。

ドアの開く音がする。宅配便なら呼び鈴を鳴らすから、客だ。

本当に店なのか疑うような顔でおずおずと入ってきた客——外国の男だ——に座ったまま会釈をし、笑顔を向ける。ネットで知って、駅から遠い、小さすぎる店舗とはいえないような店にわざわざやってくる人が、たまにいる。

「これください」海外のインディーズでヒットしたゲームのキャラクターの、ダイキャストのキーホルダー。

こんなところまで、スマホの地図を確認しながら来てくれたのか。一個売れたとて小遣い銭にもならないが、武上さんのように「場所」を構えることの意義をしみじみ感じとる。

「ありがとうございます」釣銭を渡し、丁重に頭を下げる。

客が帰ると小さな冷蔵庫からなんとかエナジーという黒い缶のドリンクを取り出して呑む。自分の世代のものではないと思いながら。僕の世代のこういうのはオロナミンCとかリポビタンDとかだ。このエナジードリンクも別に今普通に売っており、ある世代には売ってあげませんというものでもないんだから僕も普通に接すればいいのに、どこか僕の方で「自分の世代ではない」と区分している。そんなにどこまでも旺盛にあらゆるものを味わい切れないよという感覚があって、でもこれはなんとなく買ってみた。飲むと特段、新世代のなにかを感じさせるわけでもない。

味わいきれないよ、となにかを手放している感覚と、バックアップしなくていいから黙ってくれとGoogleに言いたい気持ちとは、間違いなく同じ気分に根差したものだ。

[風船の中の色は白でいい?] 友人に短いメールを書く。

子供の絵をつけたオリジナルの、この世に一枚だけのエプロンを妻に(お母さんに)あげるだなんて微笑ましいことだ。エプロンは一生涯もつものではないが、子供ならではの、そのときしか描けない線を活かしてあげるわけだ。

子が親にでなく、中年が友人や老人にそうしてもいいわけだな。ひとまず、メッセージアプリに武上さんと亀谷さんとの三人の「グループ」を作って、河原の二人とファミレスの二人の写真を送った。

入れ替わりで、今度は渡君からショートメールが届く。彼には不登校の息子がいて、少し前に会って交流をもったら、僕には気を許したらしい。「あのおじさんと三人でバンドやろう」と水を向けたらのってきたそうだ。おやじ二人に中学生のバンド。渡君はパンクとかスカとかやりたいと息巻いている。

[下旬ならいつでもよいよ] とある。スタジオで練習できる日程を返信し、ついでに [そういえば『みゆき』のCGもみられるよ] と付け足した。

僕は武上さんに『みゆき』のレコードを売る前に、B面をカセットテープに録音しておいたのだ。そのためにラジカセを新規に買いなおしたのは、我ながらどうしたことか。Googleに月に二百円払わないくせに、そっちのデータ保存にためらいがなかったのはおかしい。

大昔のMSXパソコン本体は少し前の石巻旅行で、遺品として入手している。カセットレコーダーとパソコンをつなぐ専用のケーブルが必要だが、これも石巻の人からもらった荷物に同梱されていた。

物は揃った。パソコンの接続部とケーブルと、テープの録音と。渡君に預けたパソコンのメモリは16キロバイトしかないが、増設RAMカートリッジもある。それらすべての状態が「良好」でなければCGをみることはできないわけだが、とにかく『みゆき』のレコードのデータをみる条件をすべてクリアしたことになる。

「…」をしばらく波うたせた後 [楽しみ] と渡君は返信してきたが、本当かなと思う。みゆきの似顔絵が、昔のドット絵で表示されるの楽しみか？　彼はむしろバンドの方に燃えている。素人のドラムでスカなんて到底無理そうなのだがな。

［そういえば、僕らの通った中学は閉校になったようだけど、跡地はどうなったの］とついでに尋ねるとややあった後、テキストの前に画像が届いた。

［小学校が新設されたよ］少子化だから当然、小学校も統合されて新たに一つ作ったということらしい。

［よかった］と、少子化なのになにが「よい」のかと思いつつ、返信をした。少なくとも森友学園の跡地がパチンコ屋に売られたというニュースほど荒《すさ》んだ話にはなってない。

亀谷さんからも作ったばかりの「グループ」に画像が届く。［なぜか二人でドライブしてから帰ることになりました］［相模湖にきました］と、湖畔の景色が届き、面食らう。湖面が落ちかけた日の光をキラキラ反射して、自撮りの二人ははしゃいだカップルみたいじゃないか。

「なにをやっとるんだ」と声に出す。別に、自分が車を下ろされたあとのドライブに拗ねたわけではない、仮に誘われても友人の子のイラストをくり抜く「納期」があったし、断っただろう。

それにしても、二人ともなんだか浮ついてる。神社で雨に降られ、川沿いを歩いて、旅の欲が刺激されたのか。

僕もたまにどこかに出向いたとき、戯れに綺麗な景色を撮影して妻に送りつける習慣がある。旅行が好きな妻に、旅嫌いの自分の方が風光明媚な場面に遭遇していることのありがたみのなさを皮肉に思い、稚気を起こして写真を送ってあげるのだが、それをされている気分だ。

それはようござんしたね。妻の気分で、だが思いなおして［帰りの運転も気を付けて］と送信した。


その、二人の車が帰りに事故にあったと連絡を受ける。夜の十時のことだった。

気を付けて、という言葉は、運転する人には必ずかける。社交辞令ではないが、自動的に出るものだ。だから、言葉に身が入ってなかった、と妙な後悔の気持ちが湧きおこる。

「私は大したことないんですが」泣いてるの、と聞くまでもなく電話口の亀谷さんは泣き声だった。武上さんは意識を失っており、家族には免許証の情報を経由して連絡がいったが、その電話に今のところ誰も出ないのらしい。

ぐずついている亀谷さんを励まし、とにかくすぐに行くから落ち着いて、などと伝えて電話を切り、急ぎ病院の場所を検索した。すぐに行くから、とはいったものの、大変なことだ。駆けつけるべきはご家族なのだが、僕は武上さんの配偶者やお子さん（たしか子供がいると聞いたことはある）の連絡先を知らない。昔もらった年賀状に店舗ではない自宅の住所が書かれていたが、そこに家の電話番号まで載っていたかどうか。

甥のシンスケさんの連絡先を聞かなかったのが悔やまれる。先々月、武上さんと三人での用向きを済ませたとき、強引にでも聞いておけばよかったのだ。

着信がきて、今度は山本さんからだ。亀谷さんと共通の友人で、今は彼女の担当編集者でもある。

「今、亀谷さんご自身から連絡をもらいまして。怪我をされたとか。それで、今から僕、様子をみに行こうと思います」いつも軽い調子の山本さんの声も今はやや張り詰めている。彼女自身は自分はぜんぜん大丈夫で、〆切が遅れる可能性を電話しただけだと繰り返したそうだが、心配をかけまいと過小に伝えてきている可能性がある。

拾ってくれるというのに便乗し、妻に事情を話し、自分も支度をする。

「ご家族に連絡したいのなら、武上さんのお兄さんの家に直接いってみればいいじゃない」

妻にいわれ、はっと気づいた。たしかに、自転車で行ける距離なのだった。

山本さんに待ち合わせ場所の変更をメールし、自転車を漕いだ。夜の気温はまだまだ低く、薄手のコートでは肌寒い。十字路で横からきた自転車と衝突しそうになり、息を整える。焦っては、ミイラ取りがミイラだ。

漕いでいるうち、前に同じ道を進んだ時に感じた解放感をつかの間思い出した。

連絡がつかないなら、そこにいけばいいじゃない。妻は言った。たしかにそうだ。

レコードの針の脇についたフックに人差し指をかけて、手動で針を落とすときと同じだ。

レコードの一曲目と二曲目を飛ばしていきなり三曲目を聞きたいなら、手でこうすればいい。上手にやればいきなり三曲目だ。そういう風に、上手にして。気付けばいつかみた鉄塔をすぎ、見知った塀と、門の前。

夜中に門の呼び鈴を押すとき、よくないことをしているような気まずさを抱く。中年になって誰かの家に一人で行くなんてことがあまりなくなった。少し前、渡君の家にパソコンを持って押し掛けたときにも生じた気恥ずかしさが蘇《よみがえ》る。

二度目の呼び出しで女性の声が聞こえた。武上さんの義姉だろう。

(あのー、僕……)「夜分に失礼します、武上さんの友人でこないだお邪魔した……」かいつまんで話したら、玄関を開けサンダルをつっかけて出てきたのはシンスケさんだ。

「叔父の自宅には今、母が電話で話しているところです」

「通じたんですね。ああ、よかった。僕はこのあと知り合いの車で病院に向かいますが、一緒に乗って行かれますか?」

シンスケさんは背後を振り向いてから

「僕が行くべきなんだろうか」と明瞭な声音でひとりごちた。腕組みをし、チッと舌打ちみたいに鳴らし、スーと息を吸い上げるような音を立てて思案顔を作った。その「チッ」「スー」は生ごみを埋めるけどどれくらいの穴を掘ろうとかいうようなときに立てるものであり、親戚が重篤というときに立てるタイプの思案の感じではないなと思う。

「ご迷惑でなければ、同行してよいですか」考えた末にシンスケさんは続けた。中に戻り、前にも着ていたワークマンのジャケットを羽織って戻ってきた。

路上で二人、肩をすぼめて山本さんの車を待つ。亀谷さんから続報はない。彼女も容態が悪化してないとは限らないのだ。

手持ち無沙汰にメッセージアプリの、彼女とのやり取りを遡《さかのぼ》る。

今朝の調布駅の待ち合わせのやりとりが、その前には今度武上さんに会うから一緒にどう、というやりとりが、画面をスクロールさせるごと遡って表示される。

読み切り漫画の新作の感想を伝えた際の返信に目が留まる。二枚の写真と、その写真をもとにした、白黒の「ネーム」の画像が二枚。

一枚目は震災の翌年に石巻を訪れた僕の姿だ。画面奥に津波に襲われて廃校になった学校の校舎と、その手前に僕が写っている。二枚目は同じ場所で、なるべく同じアングルで十年後に撮った僕の姿。そしてそれをトレースして佇む漫画の主人公の下書き。僕から提供した写真も生かして、こんなふうに漫画のコマにしたよ、とみせてくれたのだ。

[**意向を描く**]と誤変換を寄越してから[**遺構を描くんだと思います私は**]と文字が続いている。

最初の写真にみえる小学校の校舎はぼろぼろだ。手前の僕の姿は今よりも十歳若く、僕の踏みしめる地面は土の道だった。

二枚目の写真で小学校の校舎はぼろぼろのままで、手前の僕は十歳老けており、踏みしめる地面は真新しいアスファルトだ。現地でも同じ二枚を交互に比較したが、その際は僕の老けっぷりだけが「面白い」ことだった。

校舎の遺構と人間とアスファルト。

三種の様態でいう、遺構を描くのが漫画を描くってことだ。それは建物を描くという意味ではないことはもちろんだし、大震災などのシリアスなことをテーマに据えて描くという意味でもない。あらゆる途中のなにかを、真新しい別のものに取り替えるのでなく、自然に朽ちさせもしない。人為的に滅ぼさないようにしながら、自分も描きとめるんだ。

そういう決意で彼女は新作を描いた。

だったら、生きないといかんだろう。画面から顔をあげ、身震いをする。彼女が創作に生かしてくれた一枚目の画像は、僕の壊れかけのハードディスクからサルベージしたものだ。それが創作の役に立ったのならば、Googleにも金を払った方がよいのかもなぁと思いなおす。あるいはきちんとバックアップを取る。つかの間を切り取っただけの、手放したらちょっと残念なだけのなにかさえもだ。

ふと眩しい光が道の向こうからこちらを照らし、白い車体の綺麗な車が減速して停まった。流行りのEV車か？

「イーロンマスク」と呟いたのはシンスケさんだ。イーロンなんだって？　白というより青々と輝いている真新しい車体が自分のために停車したのだとすぐには気付かない。「ゲンさん」ウインドーが下がって声をかけられたことで、山本さんの車と知れる。同時に分かった。

テスラだ！

シンスケさんよく咄嗟に気付いたな。僕も、友達のかつぎこまれた病院に急ぎ向かうのでなければ、テスラだ！　と声をあげていたと思う。

「もう一人事故にあった人がいて、その人の親戚も乗せてもらっていいですか」

山本さんは頷き、シンスケさんは自動的に開いた後部席に、僕は助手席へと乗りこんだ。話に聞く最先端の車だが、カーナビ画面の異様な大きさにも、静かな運転音にも、なにも云々する気持ちになれない。テスラは夜の道をすべるように走り出した。

声をあげこそしなかったものの、僕は福音に似たなにかを感じ取ってもいた。それから鼻を使った。

「匂いますか？」運転席の山本さんが怪訝な顔をした。

「いや、別に」氷山の一角と呼ばれた男と、「ここでテスラで登場ですか！」とつい言いたくなる山本さんと合わさって生じる「気の散る感じ」が——行く先に待ち受ける事態がどうあれ——とにかく決定的なシリアスからは遠ざけてくれる、そんな風に思えた。

「テスラ？」と実際に訝しみの声があがったのは翌日だ。

夜遅くに到着したときには分からなかったが、朝になってみると相模原市のはずれにある病院の駐車場はとても広く、周囲も静かだった。

片腕を吊り、頭部も包帯姿の亀谷さんだったが、訝しみの声には笑いが混じっており、僕と山本さんを安堵させた。

医師からは脳波に異常はないもののもう少し様子をみたほうがいいと説明を受けたが、彼女はすぐに退院することを選んだ。

「買ったんですよ、テスラ」と山本さんは悪びれもしない（別に悪いことはしてないのだが）。

「すごいですねえ」

「とかいって、早くもここ、凹ませちゃったんですけどね」指さす後部の真ん中あたりがたしかに凹んでいた。

「亀谷ドラマ化マネーであんた……」なにを贅沢放題してるんだ、と言いがかりをつけたくなる。

「今やってる亀谷さんの新作でローンを払いますよ」さらに悪びれない軽口に、亀谷さんは頑張りますと笑ってテスラに乗り込んだ。

武上さんは、夜遅くに息子と妻がやってきたころには意識を回復していた。もうしばらく入院しなければならないようだが命には別状がないし、比較的軽傷といえるようだった。

亀谷さんの話ではイタチかキツネか猫か、野生動物の飛び出しがあった。それを「覚えていない」ことのほうが武上さんは怪我それ自体よりもショックのようで、今は落ち込んでいる。大きなカーブでガードレールの切れ目に斜めにつっこんで、車両の前部が大破した。

仰向けで包帯を巻かれ、鼻から管を出した姿で免許返納だなあ、と力なくぼやくのを、あまり「生きててよかった」の喜びだけでわっしょいわっしょい盛り立ててもいけない。家族に引き継いで辞去することにした。

「蓄音機」と武上さんは去り際にそこだけ声を張った。

「蓄音機を引き取っておいてもらえる？　ほか、売り荷も無事だったら」あのとき車の後部に売り物として蓄音機が積んであった。

「分かりました」昨年、長野の山奥まで、倉庫代わりのプレハブ小屋を整理するバイトに付き合ったとき、唯一（ほか、もっと大変なものが詰まっていたのだが）処分せずに持ち帰った品が蓄音機だ。室内に入り込んでいた蔦が絡まって、そのもの自体が身にまとう古風さと相まって芸術的なムードを醸していた。

「任せてください」僕は努めて明るい声を出した。武上さんの妻が「そんなことさせて悪いですよ」と言いかけるのを軽く手で制し「一緒に仕事してますし、大丈夫ですよ」と請け合ってみせた。

「では、また来ますから」

「来なくていいよ」武上さんもたぶんわざと明るい声で答えた。

廊下で家族とお辞儀を交し合い、山本さん、シンスケさん、亀谷さん、僕の四人でロビーへと向かう。歩きながらなんか変だな、と思う。

シンスケさんは残る側ではないのか？

「いいんですか」

「あ、はい。あの人らと仲良くないですから」先頭を歩く勢いで、頭をかきながら言う。山本さん亀谷さんは、甥っ子としか紹介されていないこのシンスケという存在感の強い中年に対して曰く言い難い気配を感じ取っていて、問題児にとるのと似た自然な無関心を発揮している、そんなように思われた。

警察に問い合わせる。レッカーされた事故車は専用の保管場所に移送されていて検分がすむまで（動いても）返せないが、委任状を含めたしかるべき手続きを踏めば、中の荷物は先に受け取ることも可能だと教わった。

「蓄音機？　それってここに入る大きさ？」山本さんは担当のお抱え漫画家のためにはせ参じたのであり、武上さんには思い入れも義理もないわけだが、無下に断ることもできないし、という顔をみせた。

「まあ、入ります入ります」安請け合いをして警察に指示された保管場所まで走ってもらう。

武上さんの様子に前夜からずっと消沈していた亀谷さんだが、テスラに驚き、その後の我々のやり取りにもまた少し活気を取り戻したようで、後部座席からカーナビを指さして大きいですねと声をあげた。シンスケさんも後部座席から無言で画面をみつめた。

実際、それはもうカーナビというよりは大型のタブレットだった。

「でけえ」

「でけえんですよ、これが全然、使いこなせてなくて、これみてください」カーナビの画面を操作すると、地図は三分の二に削られ、新たに右側には、前方の道路の様子が三次元のCGで描き出された。

病院を出ると片側一車線でずっと続くくだり道で、右手のガードレールや電柱が逐一描かれ、近づいては消えていく。人の気配の少ない田舎の道で、最先端の描画能力も物足りなさそうだ。ようやくT字路の信号で、右手からトラックがきて停車すると、画面の中の道路にもCGのトラックがやってきて静止した。青信号になると、トラックも動き出して行き過ぎる。ここには今ないが、歩行者や三角コーンなども認識して、リアルタイムでCGで描画し、近づくと警告してくれるという。

「それなのにこないだ後ろぶつけちゃったんですよ、大きめの車止めの石があって、そこにゴンって」山本さんは笑ってほしいらしいが、冗談にしては原資がかかりすぎていないか。

天井にも驚いた。車にはサンルーフというのがあるが、テスラの天井は一部分ではない、全体がガラス張りなのだ。

そのことは昨夜には気付かなかった。

気付かない所以は単に「暗かった」せいなのだが、そうでなく、ガラス張りを向こうが秘匿していて、不意にみせてきたかのよう。出会ったとき事務服だった地味な女がパーティ会場では背中のあいたドレスで……みたいな間違った妖艶さをみてとる。背もたれに体を預け真上をみているうち、総ガラス張りの天井から盛大に見え続ける青空が不意に素晴らしいものにも思えてきた。

テスラ、いいものじゃないか！

ここまで大きく切り取られた窓からの眺めは、ＣＧのナビゲーションなんかよりもよほど、未来っぽい未来を感じさせた。子供のころに見聞きしたフィクションの未来で、車は空を飛んでいた。空を飛んではいないもののあの懐かしの未来を感じ取り、昨夜からの眠気も合わさってうっとり目を閉じる。

「ゲンさん、ちょっと運転してみますか」不意の提案に目を開く。

「えっ、えっ」

「えー、私も、こんな腕じゃなければ、ちょっと運転してみたかったですよ」亀谷さんは羨まし気だ。

「ゲンさん？」小さく唸るシンスケさんの声は叔父さんに似てるな、と思う。

「ゲンさんって僕です、僕」道の端に車を寄せてもらい、運転を交代する。

「普通の車と違って、アクセルを離すとブレーキです」

「えっ、えっ」そんな、ゴーカートのような車が公道を走っていいのか。免許取得時に覚えることと反するじゃないか。テスラは静かに走り出した。

「あ、へえ、本当だ。うわ、変な感じする……あ、へえ、ブレーキはブレーキで別にあるのね」

「あります、あります」

「……あ、ウィンカー逆ね、外国車だもんね……いや、うん、うわぁ、なんか、なんか、嫌だ……」目的地もないままに、高級な、最新の、他人の車を運転するのは怖いことだと実感する。少しも「乗り心地」が心に入ってこない。

「電気だけどめちゃくちゃパワーあるから、うっかりするとすぐ八十キロくらい出ちゃいますよ」

「あ、はい。たしかに」田舎道ですいているとはいえたまに来る対向車もけっこうな速度で、右足の先が緊張で硬くなった。

「亀谷さん怪我したばっかりだからね。二度目はやめてくださいね」

「分かってますよ、分かってます」すぐに端に寄せて、逃げ出すように助手席に戻った。運転席に再び収まった山本さんは僕に、教わった保管所の住所を尋ねた。スマホのメモに書きとめたテキストをみせ、彼が住所を復唱するとそれだけでピンと音が鳴り、カーナビが道筋を示し始めた。

「手で入力しなくてもいいんですね！」

「ＯＫグーグル、とか気取ったこと言わなくてもいいんだ」

「精度も高いです。テスラに搭載されているソフトウェアは今もなおアップデートされてるんですよ」走行履歴や車の状態の変化などすべてがテスラの会社に通信で送られる。

「その通信って、特定のキャリアと契約するんですか」

「いや、テスラの会社に月額いくらって払う契約なんです」

「うへえ」すでにスマートフォンを使ったり電子マネーを使っているだけで、Googleなどの会社にさまざまな個人の情報が吸い上げられているらしいという噂があって、その言説にはもう我々は慣れている。

テスラもまたそうしている。それはGoogleが無料のメールソフトやブラウザの入力内容から嗜好を読み取っていることと「同じ」ようなことなのだろうが、自ら通信環境まで用意してというのは、規模が異次元だ。

「イーロン・マスクってすごいんですねぇ」亀谷さんは素朴に感嘆の声をあげた。

「イーロン・マスクはＭＳＸパソコンでプログラムを作ってたんですよ……あの石巻で僕が平田さんから受け取ったパソコンです」

シンスケさんは無言で、二人はへえ、と言った。厳密にはＭＳＸパソコンそのものだったかは分からないが、同じベーシック言語の動く、同スペックのパソコンでゲームを作っていた、そのプログラムが最近、ネットで広まった。

「同じパソコンいじっていて、どこで差がついたのか」本気で自己を卑下する気持ちはまるでなく冗談口のつもりでそう口にしてから、ひやりとする。

シンスケさんも乗っていたんだった。シンスケさんも同じパソコンを「やって」いた一人だということは、初遭遇の際にもう分かっている。

「ホリエモンもひろゆきもですよ」とむしろシンスケさんは情報を付け足した。

「そうして並べると派手ですね」

保管所には破損した車が何台も置かれていて、事故って多いんだなと実感させられた。武上さんの黒い軽ワゴンも前部の左側が大きくひしゃげている。二人ともよくぞ無事だったと思うが
「これは、前のガワを交換すればまだ動きますよ」と整備士（？）は請け合った。

「山本さんのテスラの凹みも、ここでみてもらえば？」

「いや、テスラはテスラの専門店でしかパーツがなくて。今はどの車もかもしれないですけど、バンパーだけ交換とか出来ないじゃないですか。一体成型で。で、テスラの後部は百七十万円って言われて！」

「へえー」高価なものの値段を知った時の典型的なため息のような声になる。

「パーツだけでそこらの車が買えますね」シンスケさんも言葉を挟んだ。

「買っておいてなんだけど、無理無理って思って。貧乏人が無理して買うと貧乏くさいテスラになるんですよ」山本さんはかつて僕が新幹線の切符を忘れてきたときにみせたのと同じ感じの笑い顔を、自分の失敗についてもしてみせた。軽薄だが自分もふくめた万物に平等な感じがあるのが編集者の特性だろうか。

手続きをして、荷台の荷物をテスラに運び入れる。ほとんど売らなかったレコード盤の詰まった箱の、一番手前には『みゆき』のイメージアルバムがみえる。中身が割れているかどうかなどは一枚一枚取り出してみないと分からないが、どうだろう。今は調べる時間もない。

「あ、『みゆき』の……みゆきだ」山本さんが指さした。

「みゆきですよ」

「『みゆき』の、みゆきで合ってますっけ」

「どういうことですか」

『みゆき』には、ヒロインが二人出てくるんですよ」そういえばそうだ。

「みゆきと、あと一人は……」

「みゆきだよ！」「みゆきですね」「もう一人もみゆきだった！」シンスケさんも含めた男三人の声が相次いだ。そこが『みゆき』の醍醐味というか、眼目というか、肝じゃないか。妹がみゆきで、恋人もみゆき。それで題名も『みゆき』。そこを忘れるだなんて、いやはやまったく。

ハハハと笑いが発生する。ふと目を向けるとひしゃげた車の向こうに、腕をつった包帯姿の亀谷さんが立っていて、保管所の向かいの建物の広い屋根でさえずる小鳥をみやっていた。

仁王立ちというわけではない（むしろ、恐縮しているはずだ）が、三月の午前の陽光の下、怪我をした女が壊れた車の前で立つ姿が非現実的にかっこよくて、僕は昨日に続いてまた、カメラのシャッターを切る。無事でよかったと強く思いながら。

なんですか、と気づいた亀谷さんは照れ臭そうに目を伏せた。

蓄音機も、少なくとも見た目に損傷はない。前に運んだとき、もっと縦長に大きかったはずだが、下の台と分離できたのらしい。抱えて、むき出しのまま、レコードの収まったダンボール群もついでにまとめて荷台に乗せて出発する。

「あの、皆さん、夜中に遠くまで来て立ち会ってくださって、お疲れですよね」後部席の亀谷さんが恐縮するのはもっともだが、男たちには明るさが宿っていた。夜遅くに着いたが、ロビーの長椅子などで仮眠もとっている。

「どうか、休みながらいきましょう」亀谷さんは案じてそういうが、山本さんは遠慮なくテスラを飛ばし始めた。

「このへんでランチでもしていきますか」いいですね、と返事しかけてやめる。亀谷さんはつい昨日、このへんで遊んだばかりだ。事故の記憶も生々しいだろう。

「僕はどこか近場の駅で降ろしてもらうんでいいですよ」シンスケさんは新宿の都庁で別れた際もクールに去っていったっけ。

「じゃあまあとにかく急ぎますか……といいつつ、でも一応、あれだ。東京入る前に電池を充電したほうがよい……かもな、でもさすがに」殺風景な道を直進しながらどんどんと山本さんの言葉の歯切れが悪くなっていく。

「あの」僕は僕で——かすかに生じた嫌な予感とともに——ふと気づいた疑問を口にした。

「このタブレットみたいな画面の、左上の小さな電池のマークって、タブレットの電池残量みたいにみえますけど」

「テスラ全体のですよ」

昨日今日とテスラに乗っていて一番、驚いた。

古くはケータイから今はスマートフォン、タブレットなどの上部に、電波を示すバーやなにかと並んで表示されるおなじみの電池型の表示。そんな表示の仕方だとガソリンの表示と思わない。ガソリンではないからって、いいのか！

「ていうかもう、ほとんどないじゃないですか！」ちょうど僕の声に反応するみたいにエネルギーの低下を警告するアラートが画面に大きく表示された。

「だからテスラのナビって、長距離を案内するときは、ＥＶのステーションを経由した道を案内してくれるんですよ」

「へえ……で、そのＥＶステーションはすぐそばにあるんですか」

「いや、昨日の夜もステーションを僕が無視しちゃったからなあ」テスラをかばうような言い方を山本さんはして、呆れる。

「やっぱりあれか。四人も乗って荷物も積んだからか。思いのほか負荷があがったんでしょうかね。それにしてもなあ」持ち主のくせに不審がっているが、傍目にも、電池の表示は急速に減ったように感じられた。

　最先端の自動車に乗ってるはずが船が沈みそう、気球が落ちそう、みたいな話になっている。運転する山本さん以外で顔を見合わせた。

「まあ、最悪モバイルコネクターを積んでるんで、どっかの家のコンセントでも借りられさえすれば復帰できます」

　節約のため、いったんどこかに停めて考えようと、がらんとすいたパチンコ屋の駐車場に乗り入れた。いつも郊外のパチンコ店に感じることを、ここでも自動的に思う。そこが満車になるなんて信じられないというほどたくさん設けられた升目の中に、テスラは場違いな綺麗さで白いボディを誇示している。

「これほど急激に電池が減って、告知も出なかったのはさすがに、故障かもしれない」イーロンめ、と山本さんは冗談めかしながらも呪詛を述べた。

四人で外に出て、静かな駐車場で空を仰いだ。いい天気だった。映画のようだと思わなかったのは、バタンバタンの手動の開閉音が響かなかったから。

喧騒のないパチンコ屋の入り口まで歩いてみてぎょっとする。廃墟だった。

少し歩くとコンビニがあるはずだ。スマホで見当をつけ、我々は知らない、人けのまるでない道を歩き出した。

「MSXパソコン使ってたんですか」お、と思う。

ほぼ遭難といっていい事態を共にして、やっとシンスケさんが自ら趣味の話をしかけてきた。

「はい。シンスケさんもですか」

「ええ。最初は日立のH2です」

「データレコーダ内蔵のやつですね!」

「なにですか」

「僕は東芝です。HX-10S、RAMが16キロしかなくて、すぐに買い換えました」のどかな春の昼に散歩しながら機械の型番をすらすらと言い交わすのがおかしい。

「ああ、初期のパソピアIQだ。当時『サザエさん』にも登場したパソコンとして有名ですね」

「よくご存じで」

山本さん亀谷さんは礼儀のように我々の話に割り込まず先を歩いた。

「最近、死んだ友達の遺品でMSXを引き取ったんですよ」と続けたら返事は「ほう、それはどこの?」と、あくまでもメーカー名を問うものだった。

「ソニーですよ。松田聖子が宣伝した」

「『ひーとびとーのヒットビット』ですね」

「ですです」相槌をうちながら、そうではないんだと思う。「死んだ」友達の「遺品」というところに興味を向けてもらいたかった。イーロン・マスクやホリエモンにはならなかった、でもそんな派手な者も含め、あのとき無数にいた「僕たち」の一台だ、と言いたかったのだ。

でもすぐに言わなかったのは、これが一期一会ではないとも思ったからだ。

長く歩きたどり着いたコンビニの店員に山本さんはコンセントの使用許可を願い出て、亀谷さんはペットボトルのお茶を、僕は肉まんを、シンスケさんは寒いのに棒アイスを買った。コンビニの駐車場も広く、日傘つきのベンチが据え付けられていて、皆でそこで飲み食いした。

遅れて出てきた山本さんはパウチ入りのゼリーを持っている。今だけ、放課後の若者の買い食いみたいだ。

「あ、忘れてた」亀谷さんが吊ってない方の手でポケットからコインを出した。

「昨日、相模湖畔の古い食堂に、記念メダルを作る機械があって、ゲンさんにおみやげ作ったんです」

受け取ったメダルには周囲にアルファベットでHAPPYBIRTHDAY　G.E.N.と刻印されている。誕生日は先週だが、覚えていてくれたのか。

「ありがとう」事故で意識不明になった亀谷さんのポケットからこれがみつかったのでなくて、本当によかった。

「その記念メダルを作る機械の画面が、昔のパソコンみたいでしたよ」皆さんそういう話題がお好きなようだから、という妙なサービスでか、話題にしてくれた。

「分かるよ」中身8ビットのままでもメダル作りに支障はないから、令和の今もずっと古い画面のまま稼働しているのだろう。僕も、水族館などでみかけたことがある。

「『ようこそ相模湖へ』ってタイトルの部分は一枚の『画像』なんだけど、あとだいたいカタカナで説明が出てきて。テスラとはもう、全然違う感じで」

「そりゃあ、そうだわな」

「僕のは壊れテスラですけどね」

「あちこちの観光地であるあいうメダルの機械をみるけども、それぞれの土地ごとに個別に画像を書き換えるのは大変だろうな」僕は兼ねて思っていたことを口にした。

「というと？」

「つまり『ようこそ相模湖へ』という画像は、相模湖のメダル機にしか使えないじゃないですか。富士五湖なら富士五湖の、水族館なら水族館の、それぞれの画面にしないといけないでしょう？　今なら全部の画像データを機械に入れてしまえるだろうけどさ」

「それはUV‐EPROMでしょうな」シンスケさんがまだアイスの半分残った棒をかざしながら明瞭に発した。

「UVEPロム？」亀谷さんの反芻は、ドラえもんがひみつ道具を出した時になにそれ、と尋ね返す子供の口調だった。

「紫外線を当てることで書き換えることのできるメモリがあるんです。共通のプログラムはROMに書き込んでしまうが、個別に割り当てるデータはUV‐EPROMに格納する。いつか、たとえばメダル刻印機のリースが終わって相模湖から戻ってきて、次に別の現場に同じ機械を貸し出すことになったら、紫外線をROMにあてててデータを消して、新しい『ようこそ○○へ』の画像を書き込んで出荷しなおす」

「UV－EPROMのUVは紫外線のことなんですね」

「そうです」

「うっかり紫外線があたって大事なデータが消えたりしませんかね」

「箱の中にあれば紫外線は当たらないし、面白いのは、十分か二十分くらい当てないと、UV－EPROMのデータは消えないんですよ」

皆が一様に、Eテレの番組で予想外の知見を得たような顔をしている。知見それ自体の面白さとも別に、ある話題をシンスケさんが僕だけでない皆に開陳したことに、保護者のようにほっとする気持ちが生じた。

「じゃあ、相模湖のその機械をぶっ壊して、中身をむき出しにしたら……」

「日光では紫外線が弱いかも。UV－EPROMを消すときにはブラックライトを使うんですけどね」

いつか武上さんに説明した。メールとか画像などのあらゆる「データ」は、どこかのサーバールームのサーバーにある、と。

「ネットで記事をみましたが、UV－EPROMに画像データを入れて液晶画面に表示させて、一方でそのROMに紫外線を当て続けると、画面の表示はどうなるのかを実験させてて」

「どうなったんですか」

「すーっとね。実に綺麗な消え方でしたよ」そこでシンスケさんはにやりとした。

データというものは「ある」ということが少しも実感を伴わない。サーバーの維持費がかかるから金払え。さんざん請求してくるメールに対して常に疑わし気な気がしてしまうが、データが紫外線で消えるというのは——仕組みはやはり分からないものの——データの実体を感じさせることだろう。ゴミ箱のアイコンにファイルを移すと「捨てた」ことになる、という「見え方」のことでなく、紫外線で本当に消えるんだ。だったらそれは「ある」。鳥瞰でみた駐車場に次々と並んでいく自動車のようにデータは「ある」のだ。

自分がたった今受けた感動というか感銘を、運転席で武上さんは分かってくれるだろうか。ここに今いない、管に繋がれて横になってしまった七十代の武上さんを思う。またいつか、助手席に並んで語らうことはあるだろうかと寂しいことを考え、すぐに打ち消した。

わずかに残った電池でコンビニに乗り付けて、充電をする、そのためにここにテスラを持ってくる。皆で戻る必要はないから待っててくださいと山本さんが立ち上がったのを、亀谷さんが吊ってない方の手で制した。

「待ってください」声を発した後で、大袈裟な呼び止めになったと感じたか、慌てて手をふって自らの勢いを打ち消した。

「いや、あの、さっきのパチンコ屋のあたりって、ここよりもっと静かでしたよね」

「廃墟でしたしね。それがなにか」

「もう、東京に戻ったらこのまま解散ですよね」

「まあ、また会えますけどね」

「そうだけど、蓄音機も武上さんの店に戻してしまいますよね」その前に、外で蓄音機の音を聴いてみたいんだと亀谷さんは言った。

「なるほど。それはいいですね」山本さんが安請け合いをした。人の蓄音機だし売り物なんだが。とにかくいつでも、漫画家の閃《ひらめ》きを妨げることをしたくないのだろう。

四人でぞろぞろとパチンコ屋まで戻る。後部のハッチを開け、蓄音機を取り出した。アスファルトに慎重に降ろし、かがみこみながら蓋を開けてみる。武上さんの手伝いで教わった昔の機種と同じようであればいいが。

脇の穴にクランクを取り付けてギリギリとまわした。ぜんまいの引き締まる感触。ラッパ型のスピーカーはなくて、内蔵されているようだ。

「ここは『みゆき』ですかね」山本さんが箱の手前だからとアルバムを取り出してくる。

「いや、SP盤でないと」立ち上がって別の箱を開けてSP盤の一枚を探す。

「あ、そうだ」別に、音楽をかけたあとでもいいのに、今のうちに言うべきと思って僕はシンスケさんに声をかけた。

「今度『みゆき』のレコードに入ったCGのプログラムを、わざわざMSXパソコンで読み取って表示させてみるんですよ。友達と、その子の前でね」その子も引きこもりでとは言わない。

「ほう」

「うまく行くかいかないか乞うご期待。シンスケさん、見に来てくださいよ」

「はい、分かりました」シンスケさんは素直に答えた。

「では連絡先を教えてください」とさらに詰め寄ると、持ってないかもと思っていたスマートフォンがあっさりと尻ポケットから出てきた。持ってんのかい！　とツッコミの言葉を思い、連絡先を交換した。

「私もその、みゆきのCGみてみたいです」亀谷さんも言う。社交辞令でもなさそうだ。ぜひどうぞ、と一礼をしてみせる。三人の顔を順に眺める。

それから再びかがみこみ、SP盤をプレーヤーに載せる。

針を持ち上げて、落とす。シーという音のあと駐車場に鳴り渡る、百年近くも溝に保存され続けていた、紫外線で半分溶けたデータみたいなノイズ交じりの、音楽。

参考文献

斎藤公輔（NEKOPLA）「ＵＳＢメモリの大先輩！ 紫外線を当ててデータ消去するメモリで遊ぶ」
デイリーポータルZ
https://dailyportalz.jp/kiji/usb_memory-sosen-UV-EPROM

初出

「文學界」2023年3月号、7月号、11月号、2024年4月号、6月号

長嶋 有（ながしま・ゆう）

1972年生まれ。2001年「サイドカーに犬」で文學界新人賞を受賞しデビュー。02年「猛スピードで母は」で芥川賞、07年『夕子ちゃんの近道』で大江健三郎賞、16年『三の隣は五号室』で谷崎潤一郎賞受賞。07年に「サイドカーに犬」、08年に『ジャージの二人』が映画化された。『ぼくは落ち着きがない』『ねたあとに』『佐渡の三人』『問いのない答え』『愛のようだ』『もう生まれたくない』『私に付け足されるもの』『今も未来も変わらない』『ルーティーンズ』『トゥデイズ』など著書多数。そのほかコミック作品『フキンシンちゃん』、エッセイ集『いろんな気持ちが本当の気持ち』『電化文学列伝』『安全な妄想』『観なかった映画』、句集『新装版 春のお辞儀』などがある。

僕《ぼく》たちの保存《ほぞん》

二〇二四年九月三十日 第一刷発行

著 者 長嶋《ながしま》 有《ゆう》
発行者 花田朋子
発行所 株式会社 文藝春秋
〒一〇二－八〇〇八
東京都千代田区紀尾井町三番二三号
電話 〇三－三二六五－一二一一
印刷所 大日本印刷
製本所 大口製本
DTP制作 ローヤル企画

ISBN978-4-16-391898-3